小学館文庫

十津川警部

海の見える駅
——愛ある伊予灘線

西村京太郎

小学館

十津川警部　海の見える駅——愛ある伊予灘線

装丁　盛川和洋
カバーPHOTO　Adobe Stock

目次

第一章 父の失踪

1

わがままな父だと、思うことが多い。

その父、小菅信一郎（こすげしんいちろう）は、現在、家族と別れ、ひとりで、マンション暮らしをしている。

それも、突然の別居宣言だった。

小菅明（あきら）は、結婚後、妻のみどりのすすめもあって、両親を引き取って、一緒に暮らすことにした。母が、病身だったこともある。一緒に暮らすために、三十年ローンで、三鷹（みたか）に、一軒家を買った。

母は、同居を喜んでいたが、父の信一郎は反対もしなかったが、嬉（うれ）しそうでもなかった。

病身の母は、話し相手になる小菅の妻のみどりと、たちまち仲良くなった。しかし、その母は、同居して一年で病死してしまった。この時、六十歳の父は、六十五歳が定年の大手の会社に勤めていたのだが、さっさと、会社を辞めてしまい、その上、小菅夫婦に、別居したいといって、出ていってしまったのである。

妻のすすめとはいえ、三十年ローンで一軒家をわざわざ購入し、両親と同居をした小菅にしてみれば、父のやり方は、あまりにも身勝手と思い、一応、引っ越したマンションの場所と名前は、書き留めておいたが、その後、一度も、訪ねていったことはなかった。

別居してからの父が、どんな生活を送り、どんな生き方をしているのか、小菅は、知らなかったし、知ろうとも思わなかった。それが、五年経った今年の四月二日、突然の知らせが、伝えられた。

「小菅信一郎さんの息子さんですか？」

と、電話をかけてきた男の声が、きいた。

「そうですが？」

「小菅明さん、ですね？」

「はい」

「私は、世田谷区内にある、小野寺マンションの管理人の青木と申します。このマンションの五〇二号室に、小菅信一郎さんが、住んでいらっしゃいます」

「はい」

「実は、ここ十日間、小菅さんを一度も、お見かけしないのです。それで、心配になり、部屋を調べてみたいのですが、勝手に入ることは許されません。そこで、息子さんに、部屋を調べていただきたいのです」

と、男が、いう。

「部屋の鍵はかかっているんですか？」

「かかっております」

「ノックしても、反応はないんですか？」

「ドアをノックしても、ベルを押しても、返事はありません」

「それなら、どこかに出かけているんじゃありませんか。呑気な人ですから」

小菅明のいい方には、少しばかり、とげがあった。五年前に、勝手に別居し、その後、一度も連絡してこなかった父である。

「小菅さんは、時々、旅行にお出かけになっていますが、長い時でも一週間ぐらいです。十日間も、姿を見なかったのは、今回が初めてなので、心配しております。こんなことは、考えたくないのですが、部屋の中で、亡くなっていたら大変だと思いまして」

と、男は、くどくどと話す。

小菅は、途中から面倒くさくなった。

「わかりました。今日は休みですので、これから、そちらに伺います」

と、いって、小菅は電話を切った。

（勝手に、いなくなった父親の心配を、なぜ私が、しなきゃならないんだ）

と、腹立たしさが、勝手に、ふくらんでくる。

それでも、妻のみどりは落ち着いた表情で、

「私は、お義父さんからの連絡がなくて、心配していたんですよ。これで、お義父さんを訪ねていく理由ができて、ありがたいじゃありませんか」

と、いう。

小菅は、彼女のように簡単には割り切れなかったが、とにかく、車で、父のマンションに向かった。

住所は知っているのだが、五年間、実際には行ったことがなかった。来たことのない場所だから、はじめは見事に迷ってしまい、もう一度、あたりを走って、やっと、目あてのマンションに辿りついた。

管理人は、マンションの管理人室で待っていた。

小菅はサラリーマンらしく、名刺を渡したが、管理人は、それをちらりと見ただけで、

「とにかく部屋を調べてください」

と、先に立って、エレベーターに乗り、五階のボタンを押した。

五〇二号室。小さな表札が、かかっている。

「小菅」

と、紙に、フェルトペンで書いて、貼りつけたものだ。

「鍵を開けますよ」

管理人が、いう。

「実は、この近くのマンションで、半月も、放置されていた老人の死体が発見されたんですよ。そんなことになると、困りますのでね」

早口で喋(しゃべ)りながら、開錠し、

「どうぞ。息子さんから、先に入ってください」

「何もないと思いますよ」

小菅は、努めて笑顔を作って、部屋に入っていった。

2DKのよくある間取りである。十日間、閉めたままだという部屋は何となく、埃(ほこり)っぽかった。

しかし、入り口に近い六畳の和室には、人の姿はなかった。

さすがに、小菅は、ほっとしながら、襖(ふすま)を開け奥の洋室に踏み込んだ。ベッドがあった。が、人はいない。カーテンを開けると、そこはベランダになっていたが、そこにも、植木鉢があるだけだった。

小菅は、急に腹が立ってきた。管理人にも腹が立ったが、それ以上に、父に腹が立った。

「どうせ、旅行にでも行ってるんですよ。ちゃんと連絡してこない父が悪いんです。困ったものです」

と、小菅はいった。

管理人に文句をいっているというより、父に文句をいっているつもりだった。

「とにかく、ほっとしました」

と、管理人はやっと笑顔になり、洋室を見回してから、

「カメラがありませんから、やっぱり旅行に出ていらっしゃるんですね」

「カメラですか？」

「大きなカメラで、プロも使っている高級品だと、自慢されてました」

「プロ用のカメラですか……」

小菅は戸惑った。父は旅行は好きだったが、カメラを持っているのを、見たこと

がなかったからである。

父が好きだったのは、温泉で、特に、秘湯めぐりをよくやっていた。が、その写真を、見たことはなかった。

「そうですよ。それも、二台も持っていらっしゃいますよ。両方で百万円近くしたんじゃありませんかね。それと、三脚や、カメラを入れておく、大きなバッグ。それを一式担いでいかれるんです。そうしたものが見当たりませんから、やっぱり、ご旅行ですね」

「父が写した写真を、見せてもらったことがありますか？」

「いえ。ありません」

「このマンションに住んでいる人を、写したことは、あるんでしょうか？」

と、小菅は、きいてみた。どうしても、カメラと、父が結びつかなかったからだった。

「ないと思いますよ。そんな話を、聞いたことは、ありませんから」

と管理人が、いう。

（それなのに、父は、プロ用のカメラを、二台も持っていた）

どうにも、わからない。そんな気持ちがわいてきた小菅は急に父の日常を知りたくなった。

　二つの部屋や、キッチン、浴室を見て回りながら、

「この部屋の賃貸料金は、月にいくらですか？」

　と、管理人にきいた。

「二十万円です」

「高いですね」

「何しろ、最近、人気の三軒茶屋ですし、駅に近いですから」

「父は、どこかに仕事に出ているようなことは、ありませんか？」

「どこにも、勤めてなかったと思いますよ。小菅さんは、退職金と年金で、のんびり暮らしていると、おっしゃっていましたから。それに、お勤めの様子は、ありませんから」

　と、管理人が、いう。

　父は六十五歳にならないと年金が満額は貰（もら）えないのに、六十歳で辞めてしまった。ただ、大会社で、その会社一筋だったから退職金は、三千万円くらいは、出た筈（はず）である。

　その退職金を、息子の小菅夫婦は、一円も貰ってはいない。父には、その気は全

くなかっただろうし、退職金で、このマンションを借り、プロ用のカメラを二台も買ったのだろう。

小菅は、父の退職金を欲しいとは、思わないが、管理人の話に、改めて、腹が立った。

(私が父の立場だったら)

と、考えてしまうのだ。

(三千万円の退職金を貰ったら、息子夫婦に、百万円か二百万円は、プレゼントするだろう)

「このマンションの父のところに、女性が訪ねてきたことは、ありませんか?」

と、小菅が、きいた。

「私は、派遣の管理人ですから、毎日、午後六時で、帰ります。そのあとのことはわかりませんが、私の勤務時間中に、女性が訪ねてきたのを、見たことはありませんか」

と、管理人が、いった。

小菅は、最後に、もう一度、2DKの部屋を見て回った。和室の六畳には、畳の上に、じゅうたんを敷き、安物の応接セットが置かれていた。

寝室の洋間には、洋ダンスがあり、開けてみると真新しい背広と、二着のジャンパーが吊るされていた。

管理人の話では、カメラを持って出かける時は、厚手のジャンパーを着ているというから、ジャンパーは、三着持っていることになる。

（なんとなく、ちぐはぐだな）

と、小菅は思った。

四十インチのテレビは、４Ｋの新品である。

三つ揃いの背広も、二着のジャンパーも新しい。

しかし、どこを探しても、パソコンは見当たらない。本棚もである。従って、一冊の本も見当たらなかった。

二台もプロ用カメラを持っているというのに、その写真を引き伸ばしたパネルはない。それどころか、写真のアルバムもないのである。

高いカメラを、二台も買っておきながら、撮った写真は全てカメラの中に、おさめたままなのか？

管理人は、最後に、父が帰宅したら、すぐお知らせしますといい、小菅の渡した名刺に、ケイタイの番号を書き入れていた。

2

小菅は、家に帰ると、妻のみどりに、見たままを、話した。どうしても、父の悪口になってしまう。みどりは、笑いながら、聞いていたが、

「ひょっとすると、あなたは、お義父さんが好きなんじゃないの？」

「冗談じゃない」

と、小菅は、つい、大声を出した。

「迷惑ばかりかけられている。それでも、うちに引き取ったのは、六十歳になろうというおやじが、心配だったからだよ。マンションじゃ気分が悪いだろうと、こっちは、ローンを組んで一軒家を買ったんだ。それなのに、おふくろが死んだらさっさと、家を出てしまったんだ。こっちの気持ちなんか、全く考えてない」

「私たちに迷惑をかけまいと思ったんじゃないの？」

「そんなおやじじゃないよ。会社を辞めて、三千万円の退職金が出たので、その金を、ひとりで使いたくて、私たちから逃げていったんだ」

「お義父さんの貰った退職金なんだから、ひとりで使っても構わないでしょう？」

「私だって、別に欲しくはないよ。しかし、一年間、おやじとおふくろの面倒を見てきたんだ。その間、病気がちのおふくろの看病をしてきたし、おやじから、お金も貰わなかった。そんな生活を一年間続けたんだ。お礼の一言もいってから、出ていくのが常識じゃないかねえ。やっぱり、三千万円の退職金を、ひとりで使いたくて、逃げ出したんだよ。こっちは、そんなものを欲しがらないのにさ」

「でも、お義父さん、なんでもなくて、よかったじゃありませんか」

「まあ、ほっとはしたが、だんだん腹が立ってきてるんだ。プロ用の高いカメラを二台も買い込んで、それを持って、旅行を楽しんでるんだ。こっちが、心配してるのに」

「うちにいらっしゃった時は、カメラは、持ってなかったわね？」

「ああ。だから、私たちと一緒に写真を撮ったことはないんだ」

「どうして、急にカメラが好きになったのかしら？」

「三千万円の退職金が手に入ったからだよ。道楽のなかったおやじは、大金を手にして、何に使ったらいいか、わからなかったんじゃないのかねえ。それで、部屋代二十万円のマンションに住み、何かあって、高いカメラを、二台も買ったんだと思うよ。ぜいたくをしたかったんだろうね」

「カメラの趣味は、別に悪くはないわよ」

と、みどりは、相変わらず笑顔で、義父をかばう。

「君も、カメラが好きだったね」

「ええ。でも私が買ったのは、一万円の小さなデジタルカメラ。それでも、よく写るわ。それに、私の場合は、あなたとの生活を忘れないように記録したいだけだから、高いカメラは必要ないの」

「それで、なおさら、おやじの気持ちが、わからないんだよ。うちにいた時は、カメラなんか持っていなかったし、その趣味もなかった。別居してから、カメラを買ったんだ。しかし、今のカメラは、安くても性能がよくて、誰が使っても、きれいに撮れる。君のデジタルカメラのようにさ。だから、普通は、まず、安物のカメラから入って、次第に、高いカメラに行くわけだろう？　プロ用のカメラを、それも二台も買うというのが、よくわからないんだよ」

「だから、三千万円の退職金のせいだと思ってるのね？」

「急に大金が手に入ったので使い道がわからなくて、やみくもに、高いカメラを買ったんだろうと、思ってるんだがね」

「何か、どうしても、撮りたいものができたのかもしれないわよ」

「それでも、プロ用カメラを、二台も買うかね？　一台で十分だろう」

「それは、そうだけど……」

どうしても、夫婦の間では、そんな会話になってしまう。

父のマンションを訪ねてから、五日目の夜、あの、青木という管理人から、電話がかかってきた。

「まだ小菅さんが、お帰りになりません。十五日になります。心配なので、お電話さしあげたんですが、警察に行方不明者届を出した方がいいんじゃありませんか？」

と、いう。

「しかし、父は、カメラを二台持って、旅行に出かけたんでしょう？」

「だと思います」

「それなら、呑気に温泉で楽しんでいると思いますよ。お金はあるし、高級カメラを二台も持っているんですから」

「しかし、こちらのマンションの住人の中には小菅さんのことを、心配して、警察に届けを出した方がいいという人もいるんです」

「うーん」

と、小菅は小さく唸(うな)った。

別に心配はしないのだが、これからも、この管理人は、あれこれ、電話してきそうである。その方が、小菅には面倒くさい。

「わかりました」

といい、翌日の朝、今度は、みどりと一緒に、三軒茶屋のマンションを訪ねることにした。

管理人は、すぐ警察に行こうという。

小菅は、それに応じかけてから、

「その前に、部屋の中を、もう一度、見せてください」

と、いった。

「お父さんは、まだ、帰っていませんよ」

「管理人さんは、夜は、いないんでしょう。その時間帯に、帰ってきていたかもしれませんから」

と、小菅は、いった。これから警察に行って、行方不明者届を出すのだが、その時に、いろいろ質問されるだろうと、思ったからである。

「しかし、昨日も今日も、何度かノックしていますが、反応はありませんよ。夜、帰宅をされているとは、とても思えませんが」

と、管理人は、いいながらも、五〇二号室の鍵を開けてくれた。管理人に続いて、小菅とみどりも、部屋に入った。

人の姿はない。

「ほら、小菅さんは帰っていませんよ」

と、管理人がいう。

「そうみたいですね」

と、いいながら、小菅は、部屋の中を見ていたが、

「あれ！」

と、急に目を光らせた。

寝室の隅には、ラジオの置かれた小さな棚が、取りつけられている。それは、先日来た時も見ているのだが、そのラジオの横に、大きなカメラがのっていたのだ。

小菅は手を伸ばして、カメラを手に取った。ずっしりと重い。有名な国内メーカーのカメラである。これがプロ用カメラと、いうものなのか。

小菅がそのカメラのレンズで、管理人を見ると、明らかに、向こうは狼狽（ろうばい）の表情で、

「先日は、そのカメラはありませんでした。あなたのいうように、夜、戻っていら

っしゃったのかもしれませんね。しかし、なぜ、管理人の私に、その旨、知らせてくれずに、また、黙っていなくなったんですかねえ。わかりませんよ」

「他には、先日と変わったところはないようですね」

逆に、小菅は、落ち着いた表情になっていた。五日の間にいつ、戻っていたのかは、わからないが、それなら、警察に、届けを出す必要はなくなるのだ。

「ちょっと見せて」

と、みどりが手を出し、カメラを、のぞいたりしていた。が、

「さすがに、プロ用カメラだわ。私の小さなデジタルカメラとは、大違い」

「そりゃあ、当たり前だよ」

「当然、レンズ交換できる筈だけど、これには、標準レンズしかついてないわ」

みどりは、カメラを、のぞき込みながら、いう。

そのうちに、メモリーカードを取り出して、

「はい」

と、小菅に渡した。

「これは何だい？」

「このカメラで、今までに撮ったものが、このメモリーカードの中に、保存されて

いる筈だから、それを見れば、お義父さんがどこに行っていたかわかると思うわ」

「これから、どうしますか？」

と、管理人が割り込んできた。

「警察に行かないんですか？」

「このメモリーカードの中に保存されている写真を見てから、決めますよ。のんびりした風景しか写っていなければ、届けを出す必要はありませんから」

と、小菅は、いった。

彼の頭には、退職金三千万円を手にして定年前に会社を辞め、三軒茶屋駅の近くにマンションを借り、バカ高いカメラを二台も買い、それを持って旅を楽しんでいる父親の姿しか浮かんでこないのである。

それに、父の方から家を出ていったのである。そんな、わがままで、自分勝手な父親の不在が少し長くなったからといって、なぜ、心配したり、捜したりしなければならないのか。

(とにかく、何が写っているか見ることにしよう)

父の心配をするより、何が写っているかの方に興味を持って、小菅は、家に帰って見ることにした。

帰宅すると、小菅は、カードに保存されている画像を、テレビ画面に映し出していった。三百点近くあった。

最初は、東京駅の新幹線ホームを映した動画である。

北陸新幹線だ。

ホームの表示は、「9時20分発　かがやき　507号　金沢行」となっている。

この列車は、十二両編成。十二号車は、軽食と、飲み物のつくグランクラスで、隣の十一号車はグリーン車。

カメラは、そのグリーン車に入っていき、中ほどの窓側の座席で止まる。カメラが車内を映すと、五十パーセントの感じで、空いている座席が多い。

発車。

窓の外の景色が動き出す。

列車は、上野、大宮、長野、富山と、停まっていく。カメラは、停車する駅のホームを映し、途中の窓外の景色も映していく。

終着、金沢、十一時五十四分。

これから後は、全て、金沢の町と、金沢周辺の景色である。

金沢市内を流れる犀川と浅野川。

兼六園。

茶屋街。

新しくなった金沢駅。

加賀友禅会館。

次は、列車に乗って和倉温泉。

能登半島。

砂浜が固いので車が走れる千里浜。

日本で一番UFOが見られるという羽咋の町。


金沢を中心とした北陸の町や海の写真であふれている。その数二百九十六点。

それを十日以上にわたって、撮り続けたのか。

「お義父さんは、よっぽど、北陸というか、金沢が、お好きなのね」

と、みどりがいう。

「おやじは、温泉めぐりが好きで、昔は温泉へ行くと芸者を呼んで遊んでいたらしい。今は、名所・旧蹟めぐりに、宗旨がえをしたのかもしれない」

「お義父さんが、お年だから、芸者さんから、名所・旧蹟の写真撮りに、好みが変わったのかしら?」

「まあ、そんなところかな」

小菅が子供の頃、母が病弱だったせいで、父は、女性関係で、よく問題を起こしていた思い出がある。

親戚一同が集まっていて、子供の頃は何のためだったかわからなかったが、大人になってからは、父の女遊びをたしなめるために、そうしていたのだとわかる。

そんな父が、六十歳過ぎてから、女よりも名所・旧蹟の写真撮影と旅行を楽しむように変わったのだろうか?

「そういえば、女の人の写真が一枚もないわね」

と、みどりがいう。

「そうだね。新幹線のグリーン車なら、車内販売の女性がいるし、旅館には、女将(おかみ)や仲居さんがいる筈なのに、一枚もなかったね」

「還暦を過ぎて、女性には、関心がなくなってしまったのかしら?」

と、みどりが笑顔でいう。

「うーん」

と、小菅が、考え込んだ。

父に親しさを感じたことは、ほとんどなかった。従って、女性にだらしがないという話は知っているが、別居したあとの父のことは、よくわからなかった。

　この三百点近い写真や動画は、最近の父を知るには、絶好のものなのだが、全て、名所・旧蹟の写真で、それを見ている限り、父の気持ちというものは、わからない。

　小菅は、やはり、写真のことが気になって、夜中に急に起きあがると、一階に降りていって、もう一度、メモリーカードの中身を、テレビで見てみたくなった。

　ごそごそやっていると、妻のみどりが起きてきた。小菅が、メモリーカードに入っている写真を見ようとしているのを知って、

「やっぱり、お義父さんのことが、心配なんでしょう」

　と、いう。

「そんなことはない。今でも、父は嫌いだ」

　小菅は、やや、むきになって、いった。

「でも、お義父さんが撮った写真を、何度も見たいんでしょう？」

「そんなんじゃない。急に、写真が変だなと思ったから、もう一度見たくなったんで、父のことが心配だからじゃない」

「じゃあ、私にも見せて」

と、みどりは、小菅の横に座り込んだ。

また、北陸を撮った写真が、テレビ画面に映されていく。

最後の一点を映し終わってから、

「どこがおかしいの？　別に変なところはなかったけど」

と、みどりがいう。

「ホテルか旅館に泊まったんだろうが、それが写っていない」

「旅館の女将さんや、仲居さんの写真？」

「それもあるが、旅館自体の写真がないのが不思議なんだよ」

「でも、北陸の旅行が主なんだから、その基地になる旅館やホテルには、あまり関心がなかったんじゃないかしら？」

「父はね、旅行の後、どこそこの何という旅館に泊まったとか、何々ホテルの食事が良かったとか自慢するんだ。例えば、和倉温泉の加賀屋とかね。それが、全くない」

「加賀屋には、高いから泊まらなかったんじゃないの？」

「三千万円もの退職金を貰って、新幹線のグリーン車に乗ってるのにか？」

「そういえば、そうだけど、他にも、何か、おかしいところがあるの？」

「そうだなあ。二度見て、何だか、普通の観光案内みたいに見えるんだよ。金沢行きの新幹線に乗って、途中の停車駅や、車窓の景色を撮って、金沢に着くと、ここでも、観光の常道を踏んで、駅、兼六園、二本の川、そして、加賀友禅を写していく」

「でも、どうして、それが、おかしいの？　初めて、金沢へ行くんなら、私だって、観光案内を見て、それに従って見ていくけど」

「まあ、それは、そうなんだが――」

と、小菅は、語尾を濁した。

翌日、小菅の勤務先に、みどりから電話があって、新宿で会いたいという。

勤務のあと、西口のカフェで会うことに、決めた。

みどりが、先に来ていた。

夕食の時間なので、カレーライスを注文してから、

「この西口に、Kカメラの営業所があって、お父さんは、二台とも、その営業所で買っていて、名前と住所が、きちんと登録されていたわ。間を置いて、二台買ってるんだけど、五百ミリのズームレンズと、三脚も買ってるの。ちょっとおかしいのは、五百ミリのズームを二本買っていること。二台のカメラのどちらにも装着でき

るんだから、一本でもすむ筈なのに。それから、メモリーカードの写真を見てもらったんです。そうしたら、一枚も、五百ミリのズームを使って撮ったものがないんですって」

「父は、五百ミリのズームレンズを買ったんだね？」

「そうなの」

「五百ミリズームレンズなら、つけておいても、自由に景色を撮れる。だが、あのマンションにあったカメラには、標準レンズしかついていなかった」

「ええ」

「つまり、メモリーカードにあった写真は、全て、その標準レンズで撮った写真なんだ」

「それで、辻褄は、合うわね」

「だから、おかしくもある」

と、いった。

二台のカメラに二本の五百ミリズームレンズを買った。それなのに、標準レンズで、北陸を写していたという。やはり、おかしい。

そのあと、少し二人の間に、沈黙があった。

コーヒーを注文してから、

「私が、行きましょうか？」

と、みどりが、いった。

「行くって、どこに？」

「警察へ行って、お義父さんの行方不明者届を出すの」

「――」

「あなたは、今までのことがあるから、お義父さんのことを心配するのが嫌なんでしょう？　だから、私が、警察に届けを出してくるわ。マンションの管理人は、お義父さんが黙って帰ってきているんだろうといってたけれど、帰ってきたのはカメラで、お義父さんじゃないわ」

「そりゃあ、そうなんだが――」

「やっぱり、お義父さんのことが、心配なんでしょう」

「Kカメラの営業所で、父が、プロ用カメラを二台買った領収書の写しを貰っておいた方がいいと思うんだが――」

「写しは、ちゃんと貰ってきたわ」

「それなら――」

「行きましょう」

　と、みどりが、先に腰をあげた。

　世田谷警察署では、中年の刑事が、応対してくれた。

　ここでは、小菅が、父のことを説明した。

　そのあと、刑事は、微笑して、

「同じような届けが、よく出されるんですよ。六十代で、会社を辞めると、することがない。そこで、今まで忙しくて、やれなかったことをやる。一番多いのが、旅行です。奥さんが亡くなっていると、ひとりでできることは限られているから、旅行ですね。だから、お父さんが、旅行に出かけられたのも、不思議はありませんよ」

「しかし、もう十六日も連絡がないんです」

「お父さんは、ひとりを楽しんでおられるのかもしれませんよ。現在、あなた方と別居してひとりで、マンション暮らしをされているんでしょう？　そうだとすると、多分、とても旅行が楽しいか、ひとりを楽しんでいるかだと思いますがね」

「でも、写真は、不自然じゃないかと思いますが」

「お父さんは、今まで、写真の趣味があったんですか？」

「いや、全く、ありませんでした」

「それなら、プロ用のカメラなんかを買って、使い方がわからなかったんじゃ、ありませんか」

「しかし、プロ用のカメラを二台も買っているんです。それも、半月置いて、です。使いこなせなかったら、二台目を買ったりするでしょうか？」

　と、小菅は、いい返した。

「その点は、どう考えたらいいかわかりませんが、一応、行方不明者届は受理します。お父さんの写真も預かりました。三百点近い写真には、金沢や、和倉温泉が写っていたんでしょう。それを考えて、北陸の警察署にも、手配をしておきます」

　と、刑事は、最後に約束してくれた。

「やっぱり、お義父さんのことが心配なのね」

　帰りの電車の中で、みどりが、いった。

「事務手続をとっただけだよ」

「でも、いつになく、饒舌だったわよ。むきになっていた。羨ましいの。私の父は、ずいぶん前に亡くなってしまっているから」

と、みどりが、いった。

それから二日後、本当の事件が起きた。

管理人から電話があった。

「すぐ来てください。あなたのお父さんが、五〇二号室で見つかりました。警察にも電話しました」

と、かすかに震える口調で、知らせてきたのだ。

小菅とみどりは、三軒茶屋のマンションに急いだ。

マンションの周囲には、立入禁止のテープが張られ、二台のパトカーと、鑑識の車が、停まっていた。

小菅夫婦は、五〇二号室に入り、奥の寝室で、仰向け(あおむ)けに横たわっている父の死体を見せられた。

「小菅信一郎さんに、間違いありませんか？」

と、地元世田谷署の刑事が、質問する。

「間違いなく、父の信一郎です」

と、小菅は、答えたが、いやに、白っぽい顔だなと思った。

刑事は、そんな表情の小菅に向かって、

「亡くなったのは、五、六日前と思われますが、冷凍されていたのか、腐敗は、始まっていません」

「えっ、冷凍ですか？」

「そうです。ですから、殺された可能性が高いのです。それで、お二人に、いろいろと、おききしたいことがありましてね」

と、刑事はいい、外に停めたパトカーの中で、質問を受けることになった。

小菅は、五年前に母が病死してから、父が別居したこと、定年前に六十歳で会社を辞め、カメラを二台買ったこと、十八日前から、マンションに帰っていないこと、カメラは一台、部屋にあったが、入っていたメモリーカードを見ると、北陸に旅行していたらしいことなどを刑事に話した。

「確かにカメラは、見つかっています」

と、刑事は、いってから、

「お二人から見て、亡くなった小菅信一郎さんに、敵意をもっているような人がいましたか？　特に、仲の悪い人がいましたか？」

「父は、もともと、親しい友だちというのは、いなかったと思います。ですから、旅行にも、ひとりで、出かけたんだと思います」

と、小菅は、いい、妻のみどりは、

「ちょっと難しい人でしたが、声を荒らげることもないし、近所の方とケンカをすることもありませんでした」

と、いった。

初動捜査のあとは、警視庁捜査一課から、刑事がやってきて、本格的な捜査が、始まる。

捜査本部は、世田谷署に設けられ、それまでに集まった事件の関係資料や、関係者の証言テープは、本部で、確認されることになった。

司法解剖の結果も、捜査本部に知らされた。

死因は、海水による溺死。死亡推定日は、四月初旬。死後、数日間にわたって、死体は冷凍されていたと思われるので、詳細な死亡日時は、確定できない。

両腕に外傷。つまり、両腕をつかまれ、海水に沈められた可能性が、あるということである。

捜査の指揮に当たる十津川警部は、カメラを二台購入した、新宿西口にあるKカメラの営業所に、刑事二人を向かわせて、その時の様子を調べさせ、次に、被害者が六十五歳定年の五年前に辞めた、S建設の東京本社にも刑事二人をやって、退職した理由を調べさせることにした。

十津川自身は、問題のメモリーカードを、テレビ画面で、見ることにした。

「この写真については、被害者の息子がおかしいといっています」

と、横で、亀井刑事が、いった。

その証言は、箇条書きにして、亀井が、十津川に渡した。

それに目をやってから、十津川は、スイッチを入れた。

最初は、東京駅の新幹線ホームのシーンから始まった。

十津川は、事件の捜査で、北陸新幹線にも乗っているし、金沢、和倉温泉にも行っている。

確かに、最近の北陸の景色である。

見終わったあと、

「どう思われます？」

と、亀井がきいた。

「確かに、息子のいう疑問も、もっともだと思うね。北陸観光案内みたいな写真だし、私が一番不審に思ったのは、二本も五百ミリのズームレンズを買っているのに、全て、二十八ミリの標準レンズで、撮っていることだ。五百ミリのズームレンズを買った理由がわからない」

「それを、どう考えられますか？」

「それは、日下刑事たちが、帰ってきてから考えたい」

と、十津川は、いった。

三時間ほどして、日下刑事たちが帰ってきて、十津川に報告した。

「営業所員の話ですと、間違いなく、小菅信一郎が、高級カメラ二台を買い、五百ミリのズームレンズも買っていったと証言しています。またズームの使い方は、知っていらっしゃった。その上、営業所員が、くわしく説明もしたそうです」

「二台のカメラと、二本のズームレンズを買った理由は、何だったんだ？」

「その件について、きいたところ、被害者は、どうしても、二台のカメラと、二本のズームが、必要なんだと、ニコニコしていたそうです。それに、『これで、積年の夢がかないそうだ』とも、被害者が、いっていたと、証言しています」

「積年の夢か？」

「そうです。この言葉は、大事なので、確認しましたから間違いありません」

「被害者の息子の話では、被害者は、最近まで、カメラは、持っていなかったというんだ。そうすると、カメラを持つのが夢だったのかね？」

「そうだと思います」

「しかし、買ったのは、高価なプロ用を、二台もだぞ」

「その前に、会社を辞めて、三千万円の退職金を貰っていますから、気が大きくなったんじゃありませんか」

「二台も買う必要があるかね？　しかも、カメラも、レンズもだ」

「この営業所員の話では、一度じゃなく、三月五日に一台目を買い、三月二十日に二台目を買っているんです。理由をきくと、二台必要なんだと、被害者が、答えたといっています」

「くわしい理由は、わからないのか？」

「ここの人間も、くわしくは、聞かなかったといいます」

「被害者は、全部で、いくら払ったんだ？」

「百六十万円で、二度にわたって、現金で払ったそうです」

「高いな」

「何しろ、プロ用二台、それに、五百ミリのズームレンズ二本で、こちらも高価ですから」

「被害者は、どこへ写真を撮りに行くかは、そこではいっていないのか？」

「それはいっていません」

「買ったカメラを持って、旅行に行くという話は？」

「それも、していませんが、さきほどお伝えしたように、これで積年の夢がかなうと、被害者が、いっていたのは、間違いないようです」

（それは、どういう夢だったのだろうか？）

第二章

ある女性の証言

1

この殺人事件は、解決は、早いだろうと、見られていた。

被害者は、息子の証言によれば、平凡な元サラリーマンで、年齢は六十五歳。五年前に会社を退職している。

退職金は三千万円。

多分、それで、何か楽しいことをやりたいと思ったのだろう。息子夫婦と別居して、ひとりでマンション暮らしを始めた。

プロ用の高価なカメラを二台も買った。カメラを持って旅行に出かける。よくあるパターンだと、十津川は、思ったのだ。

六十歳まで、コツコツと真面目に働いてきた。奥さんは、病身だったというから、旅行にも、あまり出かけなかったのだろう。

その奥さんが、五年前に死亡した。多分、そのあたりから、何か楽しいことをして、老後を楽しみたいと、思うようになったに違いない。

三千万円の退職金が、その気持ちを後押ししたのだ。

多分、この六十五歳の被害者は、社会的には無防備だったのだ。三千万円の退職金は、現金も通帳も今のところ、見つかっていない。もし、その現金を持って旅行していたのだとすれば、それを狙われたのだ。

しかし、犯人が、何故、被害者を、長時間、冷凍していたのかが、わからなかった。そのうちに、死亡推定日が訂正されてきた。四月初旬ではなく、三月下旬だったという訂正である。

ところが、このあとがいっこうに進展しなかった。

石川県警に協力を要請して、カメラに画像が保存されていた金沢や和倉温泉などで、聞き込みを続けたのだが、肝心の、被害者の足取りがつかめないのである。

一か月近くが経ち、十津川は、肝心のカメラを、小菅に返しに行った。

「どうも、もう一つのカメラの方に、犯人の手掛かりになるようなものが写っていると思います。そちらのカメラは、まだ見つかっていませんか？」

と、十津川は、きいた。

「まだ、見つかっていません」

小菅は、答えながら、警察は、容疑者が見つからないのを、カメラのせいにしているような気がした。

「父は、金沢や和倉に行っていたんじゃないんですか？」

と、小菅は、逆にきいてみた。

「石川県警にも協力してもらって、聞き込みをやっているんですが、全く、手掛かりがつかめません。信一郎さんが、他に、よく旅行に行く場所はありませんか？」

と、十津川がいった。

「そんな心当たりがあれば、とっくに、警察に、お話ししています」

小菅は、少しばかり、怒りを込めて、いった。

五月に入っても、警察は、犯人の手掛かりをつかめずにいるようだった。

妻のみどりも、最初のうち、あれこれ、義父が行きそうな土地や、列車などを、一所懸命に考えていたが、そのうちに、

「お義父さんが会社から貰った退職金は、今、どこにあるのかしら？」

と、そちらを心配するようになっていった。

五月二日に、父が住んでいたマンションの管理人青木から、小菅に電話が、かかってきた。

「今、小菅信一郎さんを訪ねてきた女の方がいるんですが、お会いになりますか？」

と、きく。

「おやじが殺されて、警察が捜査中だから、警察に行ってもらうように、いってくれませんか」

と、小菅がいうと、

「それが、警察には行きたくない。息子さんに会って、話をしたいと、おっしゃっているんですが」

「うーん」

と、小菅は、声に出した。警察が頼りないのを思い出して、

「どんな女性ですか？」

「若い方です」

「おやじとはどんな関係の人ですかね？」

「旅先で知り合ったということです」

「――」

小菅は迷った。

(プロ用カメラを買ったり、マンションで、ひとり住まいを始めたのは、女が出来たからなのか)

と、思ったからである。

「どうされますか?」

と、管理人がきく。

「今すぐは、会えませんが、夕方なら会えるといってください」

と、いった。自分でも中途半端ないい方だと思ったが、会って父のことをききたい気持ちと、もし、父の女だったら、不愉快な気分になるだろうからという気持ちが半々だったのだ。

「午後六時にもう一度、ここに来るそうです」

と、管理人がいう。

「わかりましたが、その女性を、父の部屋にあげないでくださいよ」

と、小菅は念を押した。

ここにきて、亡くなった父に、改めて、不信感を持ってきていたが、他人に、ずかずかと、父のマンションに入り込んでもらいたくはなかったのだ。

仕事をすませて、午後六時、きっかりに、三軒茶屋のマンションに行くと、マンションの入り口で、女性が、管理人と一緒に待っていた。

小菅は、あらためて彼女の若さに驚いた。父は、還暦も過ぎた六十五歳である。女が出来たとしても、中年の女性だろうと考えていたのだ。

しかし、今、管理人と一緒にいる女性は、どう見ても、二十代だった。せいぜい二十五、六歳だろう。

「平川彩乃さんです」

と、管理人が、紹介した。小菅はサラリーマンらしく、自分の名刺を渡してから、

「この近くに、カフェがあるので、そちらで、お話を伺いましょう」

と、誘った。

百メートルばかり歩いた所に、小さなカフェがあったのを思い出したのだ。

「行きましょう。私もコーヒーが飲みたくなったから」

と、女は若い声でいった。

その店には、二人の他に客の姿はなかった。

小菅が、

「私は、コーヒー。アメリカンで」

と、いうと、平川彩乃は、

「私もコーヒー。普通のコーヒーで」

といってから、

「小菅さんも、必ずアメリカンでしたよ。やっぱり、似ているんですね」

と、微笑する。

小菅は、父がコーヒー好きなのは、知っていたが、アメリカンとは知らなかった。

コーヒーが運ばれてきてから、

「それで、ご用というのは？」

と、きいた。

「以前、四国の下灘（しもなだ）というところで、一週間ほどご一緒したんですよ。一か月後にまた、ここに来るつもりだと、おっしゃっていたのに、いらっしゃらなかったんで、心配していたんです。それがこんなことになって――」

「シモナダ――ですか？」

「ええ。四国の予讃（よさん）線の下灘駅です」

「どうして、父は、そこに一週間も行っていたんですか？」

「無人駅なんですけど、その駅のホームから見る瀬戸内海の景色が美しいんで、それを撮りに人が集まってくるんです。小菅さんも、それで一週間ほど毎日、下灘駅に来ていたんだと思います」

と、いう。

「父から、下灘という駅のことを聞いたことがありませんね」

「でも、一週間も毎日、下灘に来ていらっしゃったんですよ。目の前の瀬戸内海の景色を撮るために」

「じゃあ、このカメラを見てください」

小菅は、家から持ってきたカメラを取り出して、テーブルの上に置いた。父のマンションで見つけたカメラである。

彩乃は、肯いて、それを手に取ると、

「見覚えがあります。小菅さんが、持っていたプロ用のカメラですね。同じものを、二台持っていらっしゃったんです」

「そのカメラで、父が、何を撮っていたか、このカメラに、保存された写真を見ればわかります。それを見てください」

小菅は、手を伸ばして、そのボタンを押した。

カメラの四インチの液晶画面に、次々に、これまで写した景色が、出てくる。

「ぜんぶ、北陸の景色ですよ。四国の景色なんか全くないでしょう？」

「ええ。不思議ですね」

と、彩乃が、首をかしげた。

「本当に、父は、四国の下灘という所に行ってたんですか？」

「ええ」

　彩乃は、肯いて、バッグから、小さなデジタルカメラを取り出した。

　そのカメラに、保存されている何枚かの写真を、小菅に見せた。

　そこに写っていたのは、間違いなく、父の信一郎だった。

　小さな駅のホームに立って、カメラを構えている。その先に広がっているのは、海だった。

「この駅が、無人駅の下灘です」

　と、彩乃がいう。

「その駅は、私は見たことがありませんが、父は、もう一つのカメラで、下灘の海を写して、そのあと、こちらのカメラを持って、北へ行って北陸の景色を写していたんじゃないですかね」

　小菅は、それで納得できると思って、いったのだが、彩乃は、

「それ、ちょっと、おかしいですよ」

　と、いう。

「どこがですか？」

「最初に、小菅さんと、下灘のホームで会ったんです。三月下旬でした。その時、

カメラを、二台持っていて、この海を撮りたくて、わざわざ、プロ用のカメラを二台買ったんだと、いってらっしゃったんですよ。そのカメラで、初めて、瀬戸内の海を撮るんだって。北陸のことなんか、ぜんぜん、いってなかったんです。それに、二台のカメラを使って、撮ってたんです。だから、片方のカメラに、下灘の景色が写っていないのは、おかしいんです」

と、彩乃がいう。

「二台のカメラを使って初めて、下灘を撮ると、父は、本当にいってたんですか？」

「ええ。時々、一生懸命にカメラの説明書を読んでいらっしゃいましたもの」

彩乃は、微笑し、

「何か食べましょうよ。私はモンブラン」

と、いう。

「私も、モンブランでいい」

と、小菅はいってから、改めて、彩乃の顔を見た。どう見ても、嘘をついているようには、見えない。

しかし、彼女の話の通りなら、父は、何をしに、下灘という無人駅に行ったのか、わからないのである。警察もその駅の話はしていない。

小菅の知っている父は、どちらかといえば、いいかげんな性格だった。何か一つのことを時間をかけてやるような性格ではなかった。

旅行は好きだったが、温泉めぐりが好きなように、どこかの駅が好きで、一週間もいたというようなことは、もっとも父らしからぬ行動なのだ。

「下灘で、父は、ひとりでしたか？　女性と一緒じゃなかったですか？」

と、小菅は、きいた。

父に好きな女が出来て、たまたま彼女が、四国の下灘の人間だったので、カメラを買って、一週間もそこにいたというのなら、何とか納得できるのだ。しかし、彩乃は、モンブランを食べながら、あっさりと、

「小菅さんは、ひとりでしたよ」

「まさか、あなたが――」

「私には、そんな年上の趣味は、ありません」

「あなたも、ひとりで、下灘に行ってたんですか？」

「ええ。今は、若い女性のひとり旅が、はやってるんですよ。下灘にも、カメラを持った若い女性が何人も来ていますす」

「乗り鉄とか、撮り鉄とかいうんでしょう？」

「私は、撮り鉄かしら。とにかく、無人駅が好きなんです。今までに、日本中の無人駅を撮ったんですけど、下灘が一番素敵。今年も、下灘に行ったら、そこで、小菅さんに会ったんです」

「父は、一週間、そこに、いたといいましたね？」

「ええ」

「なぜ、下灘に行ったのか、理由をいいましたか？」

「下灘の海が気にいったので、わざわざ、高いカメラを、二台も買って、写真を撮りに来たって。でも、瀬戸内海に沈む夕陽を、きれいに撮れるまで、何日でも粘るって、おっしゃってましたよ」

「父は、近くのホテルか、旅館に泊まっていたんですか？」

「レンタカーを借りて、その中に、泊まり込んでいたみたい。そういう人多いんです」

と、彩乃が、いった。

それも、小菅には、不思議だった。父の好きな旅行といえば、温泉つきの旅館に泊まって、温泉につかり、そこに芸者がいたら、呼んで、酒を飲むことだったからである。

「下灘に行ってみたくなりましたよ」

と、小菅は、いった。

温泉といえば酒と芸者が好きという父が、レンタカーに泊まり込んで、いい写真が撮れるまで、がんばるという下灘は、どんな所なのか。

それを、知りたくなったのである。

「どう行ったらいいのか、教えてください」

と、小菅が、いうと、

「二日後なら、私もまた、下灘に行くので、ご案内しますけど」

「それで構いません。四国までは、飛行機で?」

「私は、ゆっくり行くのが好きなんです。だから、新幹線で岡山まで行って、そのあと予讃線に乗れば、下灘に行けます」

と、いい、明後日の五月四日の早朝、東海道新幹線に乗る約束をした。

自宅に帰ると、小菅は、久しぶりに、時刻表を広げて、予讃線の下灘駅を探した。四国の無人駅というので、探すのが、大変ではないかと思ったが、意外に簡単だった。

新幹線で、岡山まで行き、岡山から特急「しおかぜ」に乗って瀬戸大橋経由で四国に渡る。そこからは、予讃線を通って松山に着く。

松山で、特急「しおかぜ」から、普通列車に乗りかえる。下灘駅には、特急は停まらないからである。

松山の先で、ルートは二つに分かれている。「愛ある伊予灘線」と、「内子線」である。

瀬戸内海に沿って走る、愛ある伊予灘線経由に乗れば、九駅目が下灘駅だった。

考えていたよりわかりやすいと思ったが、遠いことに変わりはない。

(平川彩乃という女性の話が本当なら、父は下灘駅に一週間はいて、写真を撮っていたことになる)

なぜ、こんな四国の無人駅に、父は、一週間も行っていたのだろうか。

その疑問は、いくら時刻表を眺めていても、消えないのである。

2

その日、小菅は、東京駅の東海道・山陽新幹線の改札の前で、彩乃を待った。

警察に話す気はなかった。刑事の口から下灘の名前が出たことはなかったからである。

下灘まで、時間がかかるので、待ち合わせの時刻は、午前七時と早かった。七時四十分発の「のぞみ一〇一号」に、乗る予定だからである。

七時丁度にやってきた彩乃に向かって、

「わざわざ、下灘まで案内していただくんですから、交通費は、私に持たせてください。岡山までの切符は、買っておきました」

と、小菅は、サラリーマンらしい実直さで、切符を渡した。

彩乃は、ニッコリして、

「グリーン車で、四国に行くのは初めてです」

「喜んでもらえれば、私も嬉しいですよ」

と、小菅も、笑顔になった。

広島行きの「のぞみ一〇一号」のグリーン車に乗る。

(旅行らしい旅行は、久しぶりだな)

と、小菅は思った。

並んで、腰を下ろすと、彩乃が『「青春18きっぷ」ポスター紀行』と題した写真集を見せてくれた。

日本中の路線と駅の写真だった。

青春18きっぷなら、小菅も大学時代に、利用したことがある。

「このポスターに使われた列車と駅の写真集なんですけど、下灘駅は、三回も、ポスターに登場しています」

と、彩乃がいった。

確かに、ページを繰ってみると、予讃線下灘駅の写真は、三枚も入っている。

一九九八年　冬
一九九九年　冬
二〇〇〇年　冬
の三回である。三回目の写真には、次の言葉が、添えられている。

「四国の下灘駅は3度目である」

写真の方は、小さなホームと屋根。その他は海と空だけである。

一九九八年の最初の下灘駅の写真に添えられた言葉はもう少し丁寧だった。

「四国で海が望めてレールが気持ちよく延びる駅、それが初めて降りた下灘駅の印象だった。駅は海に向かって高台にあり、西に伊予灘が広がる。国道は海沿いに走るが下にあるので気にならない」

写真は早朝に撮られていて、まだ、うす暗い中で、単線のレールが白く光っている。

三枚の写真とも、季節は冬で、レールか、ホームしか写っていないのだが、不思議に、寒々とした感じはなく、むしろ、暖かい感じである。

「この写真集は、市販されているんですか？」

と、小菅が、きいた。

「ええ。私も、買いました」

（父も、この写真集を買って、その中に、三回も載っている下灘駅に、行く気になったのだろうか？）

しかし、小菅の知っている父が、一番、手を出しそうにない写真集である。温泉も芸者も、全く写っていないからだ。

彩乃は、今日は、レンズ交換式のカメラを持ってきていて、グリーン車に乗ったのが初めてだといっていたからか、「のぞみ一〇一号」の九号車の車内を、しきりに、カメラで撮っていた。

岡山着十一時五分。

予讃線の時刻表を見ると、十二時三十五分岡山発の「特急しおかぜ十一号」があることがわかった。まだ一時間三十分もあるので、構内の食堂で少し早目の昼食をすませることにした。

岡山名物は、あなごと聞いて、小菅は、あなごめしを頼み、彩乃は、小菅がおごりますよといっても、安いかけそばを注文している。

「私、今、二十四歳なんです。二十五歳までに、日本中を旅行したいと思っているので、食事や宿泊をなるべく安くすませるように、考えています」

と、いう。

「二十六歳になったら、どうするんです？　結婚ですか？」

「いえ。二十六歳になったら、それまでの旅行知識を生かして、友だちと、新しい形の観光会社を、たちあげるつもりでいるんです。だから、今は、写真を撮り貯めたり、観光案内を集めたりしています」

と、彩乃は、いう。

そういえば、駅に着くと、彩乃は、待合室に置かれた無料の観光案内や、チラシなどを、集めている。

時間が来て、二人は、「特急しおかぜ十一号」の出るホームに向かった。

四国内を走る列車は、ほとんどが非電化区間だが「特急しおかぜ」が走る区間は、数少ない電化区間なので、電車である。

　一号車の半分は、グリーン席なので、小菅は、約束通りグリーン車の料金を出した。

　二人の乗った「しおかぜ十一号」は、定刻に発車した。

　予讃線は、正確には、高松―宇和島間二百九十一・三キロを走る四国で最長の路線である。

　小菅の乗った「しおかぜ十一号」は、岡山発なので、しばらくすると、瀬戸内海にかかる鉄製の瀬戸大橋を、轟音（ごうおん）を立てて、渡る。

　彩乃は、しきりに、眼下の瀬戸内海を写真に撮ったり、大橋を渡る時間を、測ったりしていた。

　途中、初夏の季節のせいか、数人のお遍路さんが、乗ってきた。

　初夏の四国は、色どり豊かである。

「しおかぜ十一号」は、瀬戸内海に沿って走る。風がなく、瀬戸内の海は、きらきら光っている。

　松山着十五時十七分。岡山から、二時間半あまりである。

　ここから先で、海岸回り（愛ある伊予灘線）と、内子線（新線）に分かれるので、海岸回りの普通列車に乗ることにする。

小菅にとっては、初めての路線であり駅なので、全て、彩乃まかせである。

一両編成の車両だ。

松山から六つ目の向井原駅で、海岸回りと、山側を走る内子線に分かれる。

もちろん、新線の内子線を利用した方が、終点の宇和島に早く着ける。その間、内子線は、駅の数は、七つだが、海側の方は、十一もあるからである。それに内子には、昭和六十年に復元された芝居小屋「内子座」がある。

しかし、海岸回りの方は、「愛ある伊予灘線」の名前通りの美しい瀬戸内海の海を、見ながら旅行ができる。

二人の乗った一両だけの車両は、向井原駅で、海側の「愛ある伊予灘線」に入り、午後の海を眺めながら走る。三つ目が、下灘駅である。

十六時三十五分。

二人の他に、若い学生風の男が一人、降りた。

写真の通り、ホームと屋根と、そして、海があった。

ホームには、細い柱に支えられた小さな屋根と、その下に青く塗られたベンチがあるだけだった。

線路の向こうは、すぐ海に見えるのだが、実際には、線路と海の間に二車線の国道が走っている。しかし、駅と線路が高いところにあるので、広い海と高い空しか見えない。

小菅たちと一緒に降りた若い男は、ホームの端に、三脚を立てて、黙々と、撮影の準備をしていた。

「きっと、海に沈む夕陽を撮るつもりね」

と、彩乃がいった。

小菅は、ベンチに腰を下ろして、海に目をやった。やたらに、眩しい。

「私の父も、海に向かってカメラを構えていたんだろうか?」

「ええ。みんな海に沈む夕陽を撮ろうとするんだけど、雲が出てきたりして、なかなか、うまくいかなくて、小菅さんも苦労していましたよ」

と、彩乃は、いう。

(わからない)

小菅の知っている父と、彩乃が話す小菅信一郎は、あまりに違いすぎるのだ。

海に沈む夕陽を撮るために、一週間も、じっと、待ち続けるというのは、もっとも、父らしくない姿なのだ。

「父は、レンタカーを借りて、それに泊まってもいたそうですね？」

「向こうに、空地があるでしょう。小菅さんは、そこにレンタカーをとめて、泊まっていたこともありましたよ」

と、彩乃は指さした。

ホームの手前に、無人の小さな駅舎があり、そこを通って、ホームに入ってくるわけだが、その駅舎の向こうに、小さな空地があった。といっても、せいぜい、三、四台の車しか置けない広さである。

「どこで、レンタカーを借りたか、わかりますか？」

と、小菅がきいた。

「多分、伊予市だと思います。松山自動車道も傍を通っているから、レンタカーの営業所もある筈です」

と、彩乃はいい、上りの電車で、一緒に、伊予市駅に行ってくれた。

駅の近くに、レンタカーの営業所があった。

二人いる係員に、小菅が声をかけた。

「小菅信一郎という名前の人間が三月下旬頃、レンタカーを借りに来ませんでしたか？」

と、きくと一人が、

「六十歳ぐらいの方でしょう？」

と、いってから、

「その方なら、三月二十二日に、白のトヨタカローラをお貸ししましたよ。十日間の予定で、レンタル料は、払っていただきました」

「それで、いつ返しに来たんですか？」

「それが、十日たっても、返しに見えないんですよ。電話をかけても、繋がらない。下灘で、海を撮ると、おっしゃってたので、行ってみました。そうしたら、駅前の空地にうちのトヨタカローラが、とめてあったんですよ。参りました」

「申し訳ありません。超過分は、いくらですか？」

「五日分です」

と、いうことで、その分を、小菅は、払ってから、

「父が車を、借りに来た時、どんなことをいってましたか？」

「ですから、下灘で、海の景色を撮る。近くに旅館もホテルもないので、車の中に泊まるかもしれないと、おっしゃるので、毛布などを買える所を、お教えしましたよ」

「車が見つかった時、その毛布とか、日用品が、車の中に、ありましたか？」

「いや、ありませんでした。多分、他の車に載せかえたんだろうと思いました。しかし、そういう時はこちらに連絡していただかないと、困るんですがね」

「その車は今、ここにありますか？」

「いや、もう貸し出してしまいました。車内を掃除したりするのに、時間が、かかりましたよ」

と、嫌味を追加されてしまった。

夕暮れが迫ってきたので、小菅と彩乃は、伊予市内の旅館に泊まり、明日、もう一度、下灘駅に行くことにした。

旅館での夕食の時、小菅が、きいた。

「あなたも、私の父が借りた車を見ていますか？」

「はい。私が、下灘に行った時は、小菅さんは、もう、レンタカーに泊まってたんですよ」

「父は、レンタカーに、毛布なんかを入れていたみたいですね？」

「ええ。毛布もあったし、パジャマもありましたよ。それから魔法瓶とか、コーヒーメーカーとかも。私は東京に用があって、いったん帰りました。そのあと、何日かして、下灘に戻ったら、小菅さんいないし、車もなくなっていたんです。それで、あの車で、他の駅に行ってしまったんだと、思っていました」

「その時には、レンタカーの営業所が、下灘で、車を見つけて、持ち返ったあとだったんですね」

「そうですね。私は、もう一度、小菅さんに会いたいと思っていたら、ニュースで、亡くなったと知って、びっくりしてしまったんです」

「どうして、もう一度、おやじに会いたかったんですか？」

と、きいたのは、小菅の知っている父が、若い女性から見て、魅力があるとは思えなかったからである。

「あの年齢でといったら怒られるかもしれないけど、何日かかってもいいから、伊予灘に沈む夕陽を撮りたい。そのために、プロ用のカメラまで買った。それが気になって仕方がなかったんです。理由を聞いても、小菅さんは教えてくれない。それで、なおさら、知りたかったんですけど」

と、彩乃がいう。

（この若い女性も、何か理由があって、下灘に拘っているのかもしれない）

と、小菅は思った。

「私は、おやじのことは関心がなくて、ひとりで勝手に生きていろと思っていたんですが、亡くなってから、急に、おやじのことが知りたくなりましてね」

「自分の知らなかったお父さんの姿が、見えたからでしょう？」

と、彩乃は、小さく笑った。

「おやじが四国のことを、口に出したことは、ないんですよ。旅行の話だと、金沢か、東北の有名な温泉地の話。だから、下灘に来ることになったのが、不思議で仕方がないんだ。まるで別の人間みたいな気がしてね」

「別人だったのかもしれないわ」

彩乃は、おどかすようなことを、いった。

確かに、父が別居して、マンション暮らしをしてから、小菅は、一度も会いに行っていないから、どんな暮らしをしていたかは、全くわからないのである。

喋りながら、小菅は、ちらちら、彩乃の顔を見た。

本人は、「年上趣味」はないと笑ったが、その言葉を鵜のみにしたわけではない。父の生活が、わからなくなってしまった今、二十四歳の平川彩乃と、関係があったとしても、不思議ではない気持ちになっていた。

「もう一度確認したいのですが、おやじは、何日もかけて、下灘駅で、海の写真を撮っていたんですね？」

　と、小菅は、改めて、彩乃にきいた。

「ええ」

「その間、レンタカーに、泊まっていた？」

「ええ」

「私もおやじと同じことをしてみたくなりました」

　と、小菅は、いった。

「でも、大変ですよ」

「わかってます」

　と、小菅は肯いた。

　翌日、改めて、伊予市駅前の営業所で、白いトヨタカローラを借り、父が揃えた毛布などを買い集めて、車に載せた。

　彩乃を助手席に乗せて、下灘駅に戻った。

　前日来た時には、彼らの他に若い男が、一人しかいなかったのだが、それが、三人に増えていた。

　増えていたのは、三十代のカップルだった。小さな空地には、彼らが乗ってきたベンツが、とめてあった。

小菅が、その隣に、レンタカーをとめると、それで、空地は、一杯になってしまった。

「あなたは、今夜の宿はどうするの？」

と、彩乃にきくと、

「前の時も、近くのみかん農家に民泊させてもらったので、今夜も同じことを、頼んでみます」

と、いった。

若い男は、前日と同じようにホームの端に三脚を構え、伊予灘を撮っている。

三十代のカップルは、男がカメラマンになり、女をモデルにして、下灘駅を撮りまくっていた。

小菅は、父が使っていたカメラを取り出した。

妻のみどりとの新婚旅行は、韓国だった。小さなデジカメを持って行き、自分たちを撮りまくった。

カメラをいじるのは、それ以来と、いってもよかった。おかしなもので、小さな安物のデジタルカメラだと、とにかく撮りまくったが、プロ用カメラを持つと、簡単に、シャッターが、切れなくなってくる。

それに、背後にみかん山が迫っているので、伊予灘を入れて撮るのが、意外に難しかった。うしろに思い切ってバックできないからである。

それだけ、伊予灘の海が広く、空が高いのである。

「おやじは、何を撮ってたんですかね?」

小菅がきくと、彩乃は、

「向こうに、島影が見えるでしょう。そこに夕陽が沈んでいくのが一番美しいといわれるんです。それを、小菅さんも、違う角度から二台のカメラで、狙ってました。なかなかいい写真を撮れなくても、辛抱強く、シャッターを押していた。まるで、その写真に、ご自分の人生を懸けてるみたいに」

と、彩乃がいう。

「人生を懸けてるみたいにですか?」

「ええ。一か月、いや一年かかっても、自分の気に入る写真を撮るんだと、おっしゃってたんですよ。だから、一週間でいなくなって、拍子抜けしてしまったんですけど」

といい、泊まる所を決めてくるといって、駅から、離れていった。

小菅は、なかなか満足のいく写真が撮れないので、カメラを持って、ホームの端まで歩いていった。

若い男はがんばって、カメラを島影に向けている。

「今日は」

と小菅が、声をかけた。

「いい写真が、撮れそうですか？」

「駄目ですねえ。きれいな夕景を撮りたいんですが雲が出たり、船が目の前をよぎったりで」

と、いう。

「海がこんなに広いのに、思うようになりませんね」

「そんな自然が好きなんですよ。人生の方は、嫌いですが」

と、いって若い男が、笑った。

彩乃が戻ってきた。

屋根の下のベンチに腰を下ろし、彼女が、みかん農家から貰ってきたみかんを、二人で食べた。

「それで、みかん農家には泊まれることになったの？」

「ええ。一週間お世話になれることになりました」

「あなたも、一週間ここで、海を撮るんですか？」

「もう何回も、ここには来てるんです。これで、撮りつくしたと思っても、伊予灘や、空が、新しい姿を見せてくれるんです」

と、彩乃がいった。

夕陽が、沈み、周囲が暗くなると、若い男は上りの予讃線に乗って姿を消した。

三十代のカップルは、車から、ワインを持ち出し、ベンチに腰を下ろして、飲み始めた。

彩乃は、

「また明日」

と、いって、宿泊先のみかん農家に行ってしまった。夕食も、その農家で用意してくれるという。

小菅は、コンビニで買ってきたサンドイッチを食べ、コーヒーを温めて二杯飲んだ。

そのあと、妻のみどりに、電話した。

「警察は、どうしてる？」

「昨日、今日と、全く姿を見せませんよ。話を聞きにも来ませんせん」

「相変わらず、頼りないな」

と、小菅は、いった。

相変わらず北陸を調べているのだろうか？　多分、予讃線の下灘駅のことは気付いていないに違いない。

小菅は、改めて、こちらに一週間いるつもりだということを、みどりに告げた。

最終の列車が、走ったあとは、本当の静寂が駅の周辺を支配した。

小菅も、毛布にくるまって、寝ようとしたが、突然、隣にとまっているベンツから、静寂を突き破る音量で、ジャズが飛んできたのである。

それは、音楽というよりも、音響だった。

深夜だけに、まともに、ぶつかってきた。

小菅は、ドアを開けて、隣のベンツに目をやった。

車内が暗く、音だけが、聞こえてくる。まるで大音量のために、ベンツの車体がふるえているように見える。

小菅は、車から降りて、ベンツの車体を叩いた。が、反応はなく、音が小さくなる様子はない。

もう一度、叩いたが、相変わらず反応がないので、少し考えてから、毛布と、コーヒーを入れた魔法瓶を持って、駅のホームに歩いていった。

ホームのベンチに、腰を下ろす。

幸い、初夏のせいか、四国の海岸のせいか、暖かいし、ジャズも、小さくしか聞こえてこない。

コーヒーを飲み、毛布にくるまって、ベンチに寝た。

海面をなでるようにして、そよ風が、吹いてくる。普段なら、すぐ、眠れる筈だが、父のことを考えていると、なかなか、眠れなかった。

ここにきて、父の姿が、全く違うように見えてきたからである。その理由を知りたいのだ。

気にかかることは、他にもある。父は、おそらく何者かに殺されたのだが、殺された理由はいったい、何なのだろうか。

一つの疑問が消えると、次の疑問が、追いかけてくる。

十津川という警部は、父を殺した犯人は、死体を冷凍庫、あるいは冷凍室に、保管していたに違いないという。その理由は、小菅にだってわかる。死亡推定日時を、何とかして誤魔化そうとしたのだ。

警察は、まんまと、その細工に引っかかった。当初は四月初旬と判断したが、今は三月下旬だろうと、推測している。

いったい、何処にいたのだろうか？

この下灘駅にいたのだろうか？　駅の向こうに、伊予灘が広がっている。犯人は、あの海岸まで、父を連れていき、海に沈めて殺したのだろうか？

六十五歳といえば、この時代、まだ若いといえる。父も、若い気分だったに違いない。だから、一人住まいをしたり、プロ用カメラを二台も買って、この下灘駅に来ていたのだと思う。しかし、小柄で、運動神経もあまりよくなかったから、犯人が父をさらって、海辺まで運んでいくのは、さして難しくはなかったと思う。

（父は、第二の人生を楽しもうとしていたのだろうか？）

とも、考える。

地方の大学を出て、大会社に就職、六十歳まで勤めて、課長になった。結婚し、一児をもうけた。平凡を絵に描いた人生である。

五年前に、妻を失ったあたりから、父はそれまでと違った人生を生きようと考えたのかもしれない。

三千万円の退職金が、その引き金になったに違いない。そこまでは、想像できるのだが、その先が、わからない。

同じところで、つっかえてしまうのだ。

なぜプロ用のカメラを買い、四国の無人駅、下灘に来て、一週間も、レンタルした車の中で過ごしたのか。

そして、なぜ、海で殺されてしまったのか。

疑問の堂々めぐりの末に、疲れて、眠ってしまった。

目をさました時、雨が降っていた。小雨なので、寒さは感じなかった。それでも、屋根は、高くて、小さいから、濡れてしまう。小菅は、急いで、車に戻った。

隣のベンツのジャズの大音響は、まだ続いていた。

そこで、小菅は、雨合羽の購入をかねて、車で、逃げ出した。

伊予市では、売っていなかったので、小菅は、松山まで、遠征した。

昼近くなったので、市内で、昼食をすませ、そこで教えられたデパートに行き、雨合羽を買った。

不思議なもので、その頃には、雨が止んでいた。ついでに、菓子と缶ジュースを買い込んで、下灘に、帰ることにした。

下灘駅に近づくと、何かおかしかった。例の空地に、愛媛県警のパトカーが入っているのだ。仕方なく、離れた場所にレンタカーをとめて、近づいていくと、背中をつっつかれた。振り向くと、彩乃だった。小声で、

「近づかない方が、いいですよ」

という。

「何があったの？」

「三十代のカップルが、いたでしょう。車の中で、ジャズを大音響でかけているのがうるさくて、下灘で降りた人がドアを開けたら、カップルが死んでいたんです。睡眠薬を大量に飲んで、ジャズを聞きながら、死んだみたい」

「心中？」

「そうみたいで、今、県警の刑事が来て、調べています。小菅さんは、関わらない方がいいですよ」

と、彩乃は、繰り返した。

確かに、彼の父は、この下灘に来ていて、殺されているし、昨夜は、ベンツのドアを叩いて、ジャズの音を止めさせようとしている。

別に、三十代のカップルの死に関係がないから、平気だが、父のことを聞かれるのは、嫌だった。

「あとでどうなったか、電話で教えてほしい」

と、彩乃に頼んで、小菅は、レンタカーに引き返した。

伊予市に戻り、営業所に、車を返してから、予讃線で、東京に帰ることにした。

先日と逆に、松山まで、普通で戻り、松山からは、特急で、岡山に行く。

岡山駅の一時預かりに、かついで来た毛布などを預けることにした。小菅は、もう一度下灘に戻ってくるつもりである。

岡山発十九時三十三分の「のぞみ五十八号」に乗ることができた。東京着は、二十二時五十三分である。

東京から、中央線に乗れば、三鷹まで、三十分ほどで着く。

疲れ切って、家に近づくと、なぜか、こちらにもパトカーがとまっていた。

反射的に、足を止めてしまうと、パトカーから、二人の男が降りて、近づいてきた。捜査一課の十津川という警部と、亀井という刑事だった。

「お帰りなさい」

と、十津川がいった。

第三章

海の宝石（前編）

1

十津川は、彼を見るとにっこり笑って、

「お帰りなさい。下灘の海はどうでした?」

という。小菅は、びっくりした。警察はてっきり、北陸方面を捜査していると思い込んでいたからである。

「どうして知っているんですか?」

と思わず聞いてしまった。十津川が意地悪く笑って、

「あなたをずっと、尾行していたんですよ。下灘の駅に若い男がいたでしょう。鉄道マニアだといって、カメラをいじっていた」

「あれが刑事さんだったんですか?」

「そうですよ。刑事の中にも鉄道ファンはいるんです」

といって、十津川はまた笑った。

「そんなことをいうために、私を、待っていたんですか」

「いや、そうじゃありません。あなたにお伝えしたいことがあって、待っていたん

です」

「伝えたいことって何です？」

「あなたのお父さんが死体で発見された後、司法解剖をしました。それで死因がわかったんですが、他にも色々と、わかったことがあるんです。実は、お父さんは緑内障でした。それも、重度の緑内障で、あと半年経てば視野狭窄といって、見える範囲がどんどん狭くなって、一年以内に全く見えなくなる。そういう状態だったことがわかりました」

「緑内障ですか？」

「そうです。手術で治る域を超えていました」

「父は、それを知っていたんでしょうか？」

「もちろん、知っていたでしょうね。実はあなたのお父さんは、亡くなる前に、東京・飯田橋にある、有名な眼科専門病院に診てもらっていることがわかりました。われわれは、その病院の医師に会って、話を聞いたんですが、あなたのお父さんは、間違いなく、自分が重度の緑内障になっており、見える範囲が、どんどん狭まってくるのを知っていた。一年以内に目が、見えなくなることも知っていたとその医師が証言しています」

「本当ですか？」

「本当ですよ。こんなことで、嘘をついても仕方がありません。これで、少しは、お父さんに対する見方が変わったんじゃありませんか？」

「わかりません。何しろ、突然、聞かされたことなので、どう受け取ったらいいのかわからないのです」

一人になると、小菅は、考え込んだ。今まで、父を勝手な男だと軽蔑していた。家族に相談もせずに会社を辞め、別居した。退職金の三千万円は、家族には全く与えずに、自分で使っていた。勝手に、旅行に行くようになると、旅の思い出のための写真を撮ろうと考え、プロ用のカメラを二台も買っているのである。なんと身勝手な父かと、軽蔑していたのだが、今、十津川の話を聞いて、少しだけだが、殺された父に対して、同情の気持ちが、湧いてきた。緑内障だといわれ、重度のために、手術での回復は難しいといわれていたという。そのうえ、一年以内に、失明すると宣告された。その時、父はどんな気持ちだったのだろうか？　その日、小菅はずっと父の病、父の気持ちを、考え続けた。

目が見えなくなると、宣告された父は、旅行に行くことを決め、景色を撮るために、プロ用のカメラを二台買い込んだ。それを持ち下灘駅に行ったという。下灘駅は鉄道ファン、旅行ファンが、その景色を写真に撮りたいと思う駅の、ナンバーワンだった。父は、そのことを知って、下灘駅に、行ったのだろうか？

その間に、どんな心の悟りがあったのか、父が亡くなった今、小菅には、想像するしかない。

小菅は、子供の時を除いて、父を軽蔑し、時には父を憎んできた。いくら過去に遡（さかのぼ）っても、小学生と中学生の一時期を除いて、父を愛し、父を尊敬したことはなかった。

小学校高学年の時、運動会に保護者として参加した父は、百メートル、二百メートル競走に参加して、圧倒的な力で優勝した。その時、どんなに誇らしかったか。父を誇りに思う数少ない思い出である。

父を軽蔑し、憎んだ思い出の方が、圧倒的に多い。第一は父の浮気だった。さほど美男子でもなく、資産家でもないのに、なぜか父のまわりには女がいて、時々、姿を消して、何か月か帰ってこないことがあった。

そんな時、母は落ち込み、家の雰囲気も暗く沈んだものになった。

その父が、一年以内に目が見えなくなると宣告されていたのだ。父は、日本で一番美しい景色を、目が見える内に、写真に撮ろうと思い立ったという。今まで小菅は、父のことを、典型的な俗物で、思い出に、日本の美しい景色を写真に撮ろうなどということは、絶対に考えない人間だと思い込んでいたのである。プロ用のカメラを二台も買ったと聞いた時も、どうしてそんな、無駄なことをするのかとしか、小菅は、考えなかった。

一晩父のことを考え続けた小菅は、もう一度、下灘駅を訪ねることにした。父の遺品になってしまった、プロ用のカメラ一台を持ってである。

下灘のホームに近づくと、彼の乗ってきた列車に向かってカメラを向けている三人の男女がいた。その中の一人が彩乃だった。小菅もびっくりしたが、列車が止まり、彼が降りていくと彩乃もびっくりした顔で声を掛けてきた。

「どうして、また、ここに来たんですか？」

ときく。

「実は東京に戻って、父のことを色々と、きいたんですよ。父がどうして、この下灘の駅に来たか。それが少しは、わかってきたのでもう一度、この駅で何日か過ごして、父がどんな気持ちだったかを体験してみたいと、思い立ったんです」

と、小菅は、いった。

「そのお話、ぜひ、きかせてください。私も、あなたのお父さんが、どうして、プロ用のカメラを二台も持って、この下灘駅に来たのか、そして、なぜ殺されたのか。それを、知りたいと思っているんです」

彩乃は、車を借りていた。軽自動車だが、立派な、キャンピングカーである。着いた日、その車の中で彼女が作ってくれた夕食を御馳走になったのだが、その間、小菅はずっと亡くなった父のことを喋り続けた。

不思議だった。

昔だったら、父が生きていたら、父のことを延々と喋り続けることなど、思いもよらなかったろう。

いや、たとえ、喋っても、父が女にだらしがなくて、いつも、母が父の悪口をいっていた、自分勝手だったことなど、父の悪口を喋り続けていたに違いないのである。

それが、今、父の病気のこと、知らなかった父の一面など、いくら話しても、話し足らないのである。

父のことを、嫌って、軽蔑していたが、今から考えると、実際には、父のことを知らなかったのだとも、小菅は話した。父を憎み、軽蔑していたと思っていたのだが、それは、父に対する無知であり、父のことを少しも知ろうとしなかったのだと、小菅は、いった。ひょっとすると、そんな小菅の態度を父は悲しんでいたかもしれない。

「あなたの気持ちは、よくわかる」

と、彩乃が、いった。

「もし、私がお父さんのように一年後の失明が確かになったら、私は鉄道マニアだから、目の見える内に、日本の駅の中で一番美しい所を、写真に撮っておきたい。そう思うに違いないの。だからカメラを持って、この下灘に来ていると思う。あなたのお父さんと同じように」

「亡くなった父を今見直しているんです。こんなことをいうと、笑われるかもしれないが、父はつまらない俗物だと、思っていたんです。だから私は、父と一緒に、旅行に行かなかった。つまらない旅行になるだろうと、思っていたから。でも、今度、父の気持ちがわかって、父が死ぬ前に、一緒に日本中を旅して回ってみたかったと思うようになっています」

と、小菅はいった後、

「この下灘で、死んだカップルがいたでしょう？　あのカップルは、やはり心中だったんですか、それとも、二人とも殺されたんですか？」

と、きいた。

「ずっと、愛媛県警が、調べているんだけど、まだ、どちらとも、わからないみたい。新聞には、警察は、他殺と心中の両面から、調べているようだと書いてあります」

「今夜は、静かですね。私が着いた時、あなたを含めて三人が、列車の到着を写真に撮っていた。あなた以外の二人は、夕方になると、消えてしまいましたね」

「たぶん、死んだカップルのせいだと、思います」

と、彩乃は、続けて、

「あのカップルが、車の中で、あんな死に方をしたので、この下灘の駅が、何となく気味が悪い、そんな噂(うわさ)が立って、鉄道マニアも戸惑ってるんじゃないかと思っているんです。昼間には、何人もやってきても、終列車で、帰ってしまいますから」

と、いった。

「なるほどね」

「小菅さんはこれから、どうするつもりなんですか？」

と、彩乃が、きく。

「今いったように、亡くなった父のことを知りたいので、しばらくは、この下灘の駅で、父が撮ろうとしていた美しい夕方の景色を、父が残していったカメラで、撮りたいと思っているんです。それが撮れたら、父への供養ができると思っているんです」

と、小菅は、いった。

夕食の後、彩乃が車の中にベッドが二つあるから、そこで、寝なさいといってくれた。しかし小菅は、それを断って、実際は、禁じられているが、ホームのベンチで眠ることにした。海の音がかすかに聞こえてくる。空には煌々と照らす満月が浮かんでいる。小菅は、その美しさに眠る気になれず、ベンチから起き上がると、カメラを持ってホームの端まで、歩いていった。そこから、空にかかる満月を写し、続いて、夜の海をカメラに収めた。どちらも美しい。が、それはたぶん、亡くなった父が、失明するまでに撮りたいと思っていたものではないだろう。父は、陽光きらめく美しい瞬間、もっと美しい自然を、貪欲に、追い求めていたに違いないのである。小菅は、べったりと、ホームの上に、腰を下ろした。次に、考えるのは、父の死のことだった。

何故、父は、殺されてしまったのだろうか。緑内障だとか、一年以内に失明だとか、そういうことを聞いた後では、父のことが可哀想で仕方がない。通帳が見つかり、退職金の三千万円は、二台のプロ用カメラを買ったり、この下灘駅で、何日かを過ごしたりしたものの、二千三百万ぐらい残っていたことがわかった。十津川ら警察は、それを狙っての、犯行ではないかと疑っていたらしい。しかし、その二千三百万円の預金は、そのままになっていて、誰にも、盗まれてはいなかった。犯人は退職金の残りを狙って、父を殺したのでは、ないのだ。そうなるとなおさら、殺された理由がわからなくなってくる。

翌日は、下灘の駅が、急に賑やかになった。

2

毎年、一年に一回、この美しい海の見える駅を舞台にして、小さな音楽会が開かれるというのである。それは、朝になって彩乃が教えてくれた。彼女はたくさんの鉄道ファンクラブに入っているので、そうした情報が入ってくるらしい。

その日、午前中の下りの列車で、男女三人の先遣隊が、下灘駅にやってきた。彼らは、持ってきた拡声器や「下灘音楽会」と書かれたポスターをホームに備えつけたり、貼りだしたり、ほうきで駅の清掃も始めた。午後の便で七人の若い男女が、それぞれ担当する楽器を持って、やってきた。先遣隊の三人を入れて、十人。それぞれの楽器を、ホームに並べている。その中の指揮者に見える三十代の男性が、いきなりメガホンを口にあてて、

「小菅信一郎さん。いらっしゃいませんか」

と、大声で叫んだ。小菅は、驚いてその男のそばまで行って、

「小菅信一郎は、私の父ですが」

と声を掛けた。男は小菅を見て、

「なるほど、顔が似ていらっしゃる」

といって笑った。

「父が、どうかしたんでしょうか?」

「小菅さんは、今どこですか?」

「実は、亡くなりました」

「本当ですか?」

「本当です」

「そうですか……。悲しいですね」

「父とどういうご関係ですか?」

「私達は全員で十人の、小さな楽団を作りましてね。下手ですが、地方の無人駅を回りながら、演奏会を開いていたんです。今年の三月に下灘駅恒例の音楽会とは別に、われわれだけで、演奏会を開こうとしていたら、小菅さんが一生懸命に、周辺の景色をカメラに収めていたんです。その邪魔になってはいけないと思って声をお掛けしたんです。そうしたら、私達の様子を見て、貧乏楽団と思ったのか、その後百万円を、ポンと寄付してくださったんですよ。百万円ですよ！　皆、びっくりしましてね。今回少しは、楽団らしくなったので、小菅さんに私達の演奏を聴いていただこうと思って来たんですが。亡くなられたんですか。残念です」

と、男がいった。

小菅が、名前をきくと、リーダーの男は、斉藤信一郎と、いう。

「え？」

小菅が驚くと、相手は笑って、

「本当の名前は斉藤勇ですが、あなたのお父さんに感謝を込めて名前を斉藤信一郎に改名したんです」

という。小菅は、また一つ、父の知らなかった一面を見たような気がした。

「父は、どんな曲が好きだったんですか？」

ときいてみた。クラシックもジャズも、父には結びつかない。父が歌っていたのはいつでも演歌だったからである。しかし、ホームに楽器を並べている若い男女を見ていると、どう見ても、演歌とは、結びつきそうもない。

「小菅さんが好きだったのは民謡でしたよ」

と、リーダーの斉藤がいった。それで少しホッとした。確かに父は、民謡も好きだったからである。

「小菅さんは、『五木の子守唄』をリクエストしていましたね」

という。斉藤が、指揮を執り、十人の楽団が民謡「五木の子守唄」を、演奏してくれた。

「五木の子守唄」は悲しい曲である。しかし、無人駅の下灘のホームで、演奏される「五木の子守唄」は、あまり悲しい曲には聞こえなかった。死んだ父の意外な一面を見て、何となく嬉しかったからかもしれない。

この日、十人の楽団は、最終の上りで、帰ることになっていたのだが、小菅が、父の思い出を聞かせてほしいと頼み、また、この日は夜になってからも、暖かかったので、十人は、ホームで、夜を過ごしてくれることになった。

父の預金は結果的に小菅が相続することになり、小菅は今回の下灘滞在の資金として、ある程度まとまった額をそこから下ろしていた。小菅は、演奏の礼の意味で、その中から、十万円を提供した。

酒が、用意され、彩乃も、協力してくれることになった。

お祭りということで特別にホームに、篝火が焚かれた。

携帯用コンロが、いくつも用意され、鍋が持ち込まれ、十万円を使って、さまざまな鍋の具が、ホームに並べられた。

深夜の酒宴になった。

その酒宴の横で、父が好きだったという、何曲かの民謡が、演奏されている。

それを聞いているうちに、父は、悲しい子守唄が、好きだということが、わかってきた。

演奏が終わると小菅は、酒をくみ交わしながら、斉藤にきいた。

「父とはどんな話をされたんですか？」

「色んなことを話しましたよ。私達が一番興味があったのは、六十歳を過ぎた小菅さんが何故、無人駅の下灘に来て写真を撮っているのか。それをきいたら小菅さんは、自分は六十五歳。もう先も長くはない。生きている間に、この下灘で最も美しい夕景色を撮れたら嬉しいと思う、そんなことを仰っていましたね。亡くなる前に小菅さんは、この下灘のホームから、最も美しい瀬戸内海の夕景色を撮ることができたんでしょうか？　もしそうだったら、どんな写真なのか見てみたかったですねぇ」

と、斉藤は、いった。

「他に何か、父はいっていませんでしたか。この下灘の駅で怖い目にあったとか」

「そういう話は、されませんでしたね。ただ、若い女性と知り合いになった。それだけでも自分の平凡だった人生には、嬉しかった。そんなことを仰ってましたよ」

と、斉藤は、いう。それは間違いなく彩乃のことだろう。そのことにも小菅はホッとした。女にだらしのないだけの父の人生の中に、楽しいひと時があったと知ったからである。小菅が黙っていると斉藤がこんなこともいった。

「こんな美しい景色の所にいて、自分は幸福だと小菅さんは仰っていましたが、世の中には無粋な人間もいて、この美しい景色、美しい海のこと、空の色、そうしたものに、全く関心を持たない嫌な人間もいるんだ。そんなことも、小菅さんは、仰っていましたね」

「それ、誰のことを、いっていたのか、わかりますか？」

と、小菅は、きいた。

「大事なことですか？」

　と、斉藤も、きき返す。

「わかりませんが、ひょっとすると、あなたと話したことが、父の最後の会話かもしれません」

「そうですね。あの日に、小菅さんと話した後、私も、楽団員も会っていませんから、私にとっても、あれが、小菅さんとの最後でした」

　と、斉藤も、いう。

「だから、父が、あなたにどんなことを、いったのか、教えてください」

「小菅さんは、優しい人で、嫌いな人でも、名指しで、怒ったりはしなかった。だからどこの誰かということは、わからないんですよ」

「それでも、構いません」

「ここで、音楽会をやった時、さっき、いったように、小菅さんが、百万円寄付してくれたんですが、その後、そう、あれは三月二十六日のことでした。私は、ひとりで、この下灘駅に来てみました。寒い日で、駅には小菅さんひとりしかいませんでした。ホームのベンチに腰を下ろし、カメラを横に置いて、じっとしているんです。何を見ているんですかときいたら、黙って、目の前の海を指さすんです。私も、海に目をやったら、びっくりしましたよ。暗い海の彼方に、まるで、宝石のように、輝いているものがあるんです。あれは、何ですかときいたら、一時間前から、ああやって宝石のように輝いているんだといって、カメラをのぞかせてくれました。プロ用のカメラをのぞいて、わかりました。大型クルーザーが、とまっていたんです。五百トンぐらいの船でしたね。それが、明かりを点けて、じっととまっているんです。それが、夜の海の中で、宝石のように輝いていたんです。小菅さんは、新しい下灘の美しさを発見しましたと、嬉しそうでしたね。だから、朝まで、あの海の宝石を、撮りつづけるつもりだと仰っていました。私は、仕事の都合で、最終の上りで、帰ったんですが、このことが気になって、翌日小菅さんの携帯に電話してきいてみました。そうしたら、あのことは、話したくない、忘れたいと、いきなりいわれて、びっくりしました。理由をきいたんですが、あの船には怒りと憎しみしか感じないと言い捨て、電話を切られてしまいました。今も理由がわからなくて、困っているんですよ」

第四章

海の宝石（後編）

1

斉藤の話を、小菅は、強く受け止めざるを得なかった。

斉藤が話した「海の宝石」の件のあと、父が殺されていたからである。もちろん、そのことに関係があるかどうかは、まだ、わからない。

だが、時間的に接近していることが、小菅には、引っかかったのだ。

「海の宝石」は、斉藤の話では、沖に停泊しているクルーザーのようだった。

伊予灘の一角に、勝手に停泊していることを考えると、客船とは思えない。とすると、個人の持ち物らしいが、それで、五百トンというと、大きい方である。十数人が乗って、遠洋航海に出られる大きさなのだ。

そのクルーザーが、何故、伊予灘に明かりを点けて停泊していたのか？

父が、何故そのクルーザーに拘っていたのか？

父の死と関係があるのか？

それを調べる力は小菅にはない。

そこで、小菅は、十津川という警部の力を借りることにした。

父の住んでいたマンションの近くのカフェで、小菅は、十津川に会った。亀井という刑事も一緒だった。

「どうして、いつも、二人で来るんですか？」

と、小菅が、きくと、十津川は、笑って、

「一人は証人です。あなたが話したことを、正確に伝えるための証人です。一人では、聞き違いもあるし、故意に違えるかもしれませんからね。従って、今からあなたが話すことは正確に伝わります。安心して、話してください」

「父が、最後に見たものが、わかったんです」

小菅は、下灘駅のホームで、父が、深夜に見たクルーザーのことを話した。

「その船は、明かりを全部点けて、まるで海の宝石のようだったそうです。父は、夜、ずっと、そのクルーザーをカメラで撮っていたと思うのですが、その後に殺されたようです。そのクルーザーに憎しみを感じるともいっていたそうです」

「そのクルーザーを、われわれに、調べてくれというわけですね？」

十津川が、きいた。

「そうです。私には、何の力もありませんから」

「わかりました。調べた結果は、お知らせしますが、捜査に役立つ場合は、利用させてもらいますよ」

と、十津川は、いった。

小菅は、そのまま、家には帰らず、東京駅に向かった。

新幹線で岡山。岡山から特急で松山、そして、下灘駅へ。

小菅は、父の死の理由がわかるまで、何度でも下灘に来るつもりになっていた。

列車を降りて、見回すと、空地に軽自動車のキャンピングカーが、停まっているのを見て、小菅は、ほっとした。

車のドアが開いて、彩乃が出てきたが、今日は、なぜか子猫を連れていた。

小菅は、リュックから、松山駅で買って来た駅弁を取り出して、一つを彩乃に渡した。

二人は、ホームのベンチで、食べ始めた。

子猫は、ベンチの端に、ちょこなんと座っている。

「その猫、どうしたんですか」

と、小菅がいうと、

「この近くで、捨てられていたのを拾ったんです。最近、やってくる鉄道マニアが少なくなって。寂しいので、飼うことにしたの」

「大人しいね」

「とんでもない。車のカーテンは、この子が爪を立てるので、全部裂けちゃってるわ」

　と、彩乃は、笑ってから、

「そっちは、どうなの？　お父さんのことで、何かわかった？」

「父は、ここで、死ぬ前に、沖に停泊しているクルーザーを見ていたというんだ。深夜で、その船は、明かりを点けていたので、海の宝石みたいに美しかった。それで父は、夜の間、ずっとカメラで、写していたというんだが、その後に殺されているんだ」

「何処の何というクルーザーなの？」

「それがわからないので、警察が今、調べている。わかったら、電話してくれることになっているんだ」

　と、小菅は、いった。

「海の宝石か」

　と彩乃は、夜の海に目をやって小さく呟いた。

　目の前の夜の海を、小さな漁船が通りすぎていく。

小さな明かりで、とても、海の宝石とはいえないが、生活の明かりは、こうした地味なものだろう。

（と、すれば、海の宝石のように見えたというクルーザーの明かりは、生活の明かりではなかったことになる）

と、小菅は、思った。

だから、父は、夢中になって、カメラのシャッターを切ったのだろう。

しかし、その後、斉藤が電話したところ、父は、怒りと憎しみしか感じないといったと、いうのである。

その父の死亡推定日は、十津川から三月三十日と知らされた。

しかも、犯人は、父の遺体を、冷凍して死亡推定日時をくるわせようとしたという。

何故、そんなことをしたのかわからなかったのだが、ここに来て「海の宝石」が、父の死に関係しているのではないかと、思い始めていた。

「五百トンクラスのクルーザーなんだ」

と、小菅は、声に出していった。

「それが、この下灘沖に、停泊していたのね？」

「そうだ。それが夜の沖で、海の宝石のように見えたらしい」

「じゃあ、ただ単に、明かりを点けていたんじゃないわね。単色だったら、宝石とはいわないから」

「普通に、宝石といったら、ダイアモンド――」

「ルビー、エメラルド、キャッツアイ。ダイアモンドでも、イエローダイア、ブルーダイアと、いろいろあるわ」

「そうした色彩が、あふれていたから、海の宝石に見えたんだろうね」

「お父さんは、それをカメラで、撮っていたんでしょう？　その写真を見れば、どんな色の宝石かわかると思うんだけど」

「父は、二台のカメラを持っていて、一台は遺体と一緒に見つかったんだが、そのカメラに写っていたのは、北陸の景色だけだった。だから、海の宝石を撮ったカメラは、まだ犯人が持っているか、捨ててしまったかだと、思っているんだ」

「そうなると、そのクルーザーの持ち主を見つけて、何故、下灘の沖に停泊していたのか、きいてみたいわね」

「それを、十津川警部に、期待しているんだけどね」

と、小菅はいった。

その後、小菅は、また伊予市駅前でレンタカーを借り、そこに毛布や、日用品を積み込んで、下灘駅で、過ごすことにしたが、十津川からは、なかなか連絡は、来なかった。

クルーザーの特定が難しいのか、それとも、外国のクルーザーで、すでに、国外に出てしまっているのか？

彩乃が、急用が出来たといって、東京に帰ってしまってから、ようやく、十津川が、亀井と二人で、下灘に滞在中の小菅を訪ねてきた。

数枚の船の写真を見せて、

「これが、問題のクルーザーです」

と、いう。

純白の船体である。船名は「ＳＡＫＵＲＡⅡ世号」になっていた。

「五百二十トンのクルーザーで、エンジンが強力なので、時速三十ノットは、楽に出る代物です。所有者は、坪内正明（つぼうちまさあき）、六十歳です」

「何をしている人ですか？」

「十人の所員を使って、興信所をやっています」

「コーシンジョ？」

「探偵社です。主として、秘密調査です」

「具体的に、どんな調査をやるんですか？」

「例えば、ある会社の株を買いたいが、将来性があるかといったことを調べたり、個人の調査もやっていますが、具体的な業務内容は、教えてくれませんでした。個人情報に触れるといいましてね」

「事務所は、何処にあるんですか？」

「東京・中央区築地のビルの中で、近くにマリーナがあり、クルーザーは、そこに係留されています。自宅は、そのマリーナの近くです」

「SAKURAⅡ世号というと、奥さんか、娘さんの名前ですか？」

小菅が、きくと、十津川は、笑って、

「妻子はいません。愛人ですよ。二人目の愛人だから、Ⅱ世号です」

「このクルーザーは、間違いなく、三月二十六日の夜、この沖合いに停泊していたんですか？」

「それは、わかりません」

「え？　わからないんですか？」

「五百トンクラスのクルーザーを、一隻のこらず調べましたが、三月二十六日の夜、下灘沖に停泊していた船は見つからないのです。ただ、このＳＡＫＵＲＡⅡ世号だけが、三月二十六日の早朝、神戸を出港し、翌朝、下関港に入港しているのです。時間的に、二十六日の深夜には、下灘沖を通過したことになります」

「それで下灘沖に停泊し、七色の明かりを点けていたことも、認めているんですか？」

「いや。神戸港を出港したあとは、何処にも停船せず、瀬戸内海を、まっすぐ、下関港に向かったといっています」

「では、二十六日の深夜に、ここで、沖合いに停泊していたクルーザーではないかもしれないんですね？」

「その可能性は否定しません。しかし、今いったように、二十六日の深夜に、下灘沖を通過した五百トンクラスのクルーザーは、この船しかないのです」

「しかし、この写真を見ると、船の明かりは一色で、海の宝石には、見えませんね？」

「そんなものは、簡単に取り外せると思いますよ」

「この坪内正明という人は、どんな人なんですか？」

と、小菅が、きいた。

すかさず、亀井刑事が、一冊の本を、小菅に渡した。

「誠意一筋　三十年
　坪内興信所所長が語る」

これは、宣伝用の自伝だろう。非売品になっている。

表紙を開くと、坪内正明のカラー写真が、のっていた。

目次を見ていくと、坪内の年代記になっていた。

興信所所長になるまでの職歴がわかる。

「政治家の秘書もやっているんですね」

「そうです。二十代の時には、アメリカにも行っています」

「ワシントン大学に留学、卒業とありますね」

「それは、ちょっと怪しいのです。ワシントン大学に入学したことは、確認されましたが、卒業した形跡はありません」

「つまり、中退ですか？」

「そうですね。従って、その自伝に書かれていることは、あまり信用できません」

「しかし、五百二十トンのクルーザーを所有していたり、築地に事務所を持っていたりするというと、かなりの資産家ですね？」

と、小菅がきいた。

「十人の所員を使っているわけですから、金が無いとは、思えません。ただ、興信所をやっているのに、最近どんな仕事をしたかをきいても、さっき、いったように、個人情報をタテに、答えてくれないんですよ」

「それは、危ない仕事も引き受けているということですか？」

「あなたのお父さんは、三月二十六日の深夜頃に沖に停泊して、海の宝石のように輝くクルーザーを見て、写真に撮っていたんですね？」

「そうきいています」

「しかし、そのあと、斉藤さんが、電話すると、あなたのお父さんは、怒りと憎しみを見せていたというんですね？」

「そうです」

「どうして、そんなことを、いったんですかね？」

「わかりませんが、海の宝石の正体がわかって、腹を立てていたのではないかと、思うんですが」

と小菅は、いった。

十津川は、小菅から、斉藤の電話番号をきき、その場でかけた。

小菅にしたのと同じ質問をした。

斉藤は、直接、小菅の父に電話しているので、その答えは、もう少し、具体的だった。

「小菅信一郎さんは、三月二十六日の日没頃に沖合いに、海の宝石を見つけて、夢中で写真に撮っていたんです。とにかく、海上に美しいものを発見して、嬉しかったんだと思います。ところが海の宝石であるはずのクルーザーの主が、小菅さんの期待を裏切ったんじゃありませんかね。醜いものを見たんじゃないかと思ったんですが、小菅さんが、電話を切ってしまったのでそれ以上、きけませんでした」

と、斉藤はいうのである。

「小菅信一郎さんは、その時、プロ用のカメラで沖のクルーザーを撮っていたんですね？」

「そうです。プロ用のカメラを二つ持っていたし、一つには、望遠レンズをつけていました」

「深夜でも、はっきり撮れたんでしょうか？」

「向こうは、煌々と、明かりを点けていたんですよ。はっきり撮れていたはずです」

「こちらは、明かりを点けていなかった？」

「そうです。ホームには、私と小菅さんの二人しかいなかったし、彼は、明かりを点けずに、カメラで撮っていましたから」

「それでは、向こうは、自分たちが、カメラに撮られていることに、全く気がつかなかったかもしれませんね？」

「そう思います」

2

「ここで、時系列を確認しましょう」

と、十津川がいった。

三月五日、二十日　小菅信一郎　プロ用カメラを購入。

三月二十六日　夜、下灘沖に、海の宝石のように輝くクルーザーを発見、カメラに収める。

三月三十日　小菅信一郎　何者かに殺される。

「三月二十七日には、斉藤さんが小菅信一郎さんに電話して、昨日の海の宝石について
いてきいています」

と、十津川は、いった。

「その時に、父は、怒りと憎しみを感じるといったと斉藤さんはいうのです」

「問題は、小菅さんが、何故、そんなことをいったかですね」

「多分、海の宝石だと思っていたクルーザーで、何か見たんだと思います。何か嫌なものをです」

「例えば？」

「殺人――ですか？」

「殺人なら、小菅さんは、一一〇番しているでしょう。だが、三月二十六日以後、それらしい一一〇番はされていません」

「じゃあ父は何を見たんですか？」

「難しいのは、推定では三月二十日に、小菅さんは、殺されていることです。その

上、カメラは、一台が、まだ見つかっていないのです」

「もう一台のカメラは、いつのまにか父の部屋に戻っていましたが、細工してありました。北陸の写真ばかりが、保存されていて、父がいかにも、北陸を旅行して写真を撮っていたように見せかけてあったのです」

「もう一つは、小菅さんの健康のことがありますね。緑内障が進み、一年以内に失明する恐れがあると医者に宣告され、目の見える間に、美しい景色を見て、それを写真に撮りたいと思っていた。だから下灘に来ていたわけですよね」

「今になると、そんな父の気持ちがよくわかるんです」

「つまり、小菅さんは、失明する前に、自分の目で、美しい景色を見たい。カメラに写し取りたいと思っていたわけです。海の宝石も、その一つだった。とすると、他のことには気持ちが行かなかったのかもしれない。そのことを、考えてしまうのですよ」

「どういう意味かわかりませんが」

と、小菅は、いった。

「三月二十六日の夜、下灘沖に浮かぶ、小菅信一郎さんが見ていた海の宝石のことです。もしその船の中での殺人事件を目撃すれば、普通なら一一〇番するでしょうが、小菅さんは、一年後の失明と、それまでに、美しい景色を発見することしか考えられずに、クルーザーの中での殺人を見ても、一一〇番しなかったことも、考えられるんですよ。さっき、いったことに反しますが小菅さんの立場を考えると、そんなこともありえます」

「だから、父は、殺されたということですか？」

小菅は、少し強い口調になっていた。

「いや、いろいろな場合を考えるべきだと、思っているのですよ。小菅さんは、普通の人と、気持ちが違っていたはずですからね。クルーザーで、何が起きたのか、限定しない方が、いいのではないかとね」

「十津川さんは、クルーザーの中で、何か事件があった。それを、私の父が目撃したことが、殺人の動機だと思っているんですか？」

「今のところ、他の容疑者は、いません。この場合でも、さまざまなケースが考えられます。小菅さんが、クルーザーの中の事件を目撃したから、口封じに殺されたということも考えられますし、小菅さんは何も見ていなくても、犯人が、見られたと思い込んで殺したとも考えられます」

と、十津川はいう。

小菅は、坪内正明の自伝を手に取った。

「これに書いてあることは、信用していいんですか?」

「いや、本当のことも書いてあるが、嘘も、誇張もあります。とにかく、金を出して、出版した自伝ですから、宣伝本です」

「それでも、今日は、これを、読んで寝ます」

と、小菅は、いった。

警察は、この坪内正明の所有するクルーザーが怪しいという。もし、その通りなら、この自伝の中に、父の死につながるものが、何か書かれているかもしれないと、小菅は、思ったのだ。

小菅が、東京に帰るという十津川に、最後に質問した。

「警察が、この自伝の主、坪内正明が怪しいと思っている最大の理由は、何なんですか?」

「彼の興信所がさして大きな調査依頼を受けていないのに、毎年、厖大な利益をあげていることです」

と、十津川はいった。

第五章

夜の下灘沖（前編）

1

下灘から東京へ戻ってから一日をおいて、再び訪ねてきた十津川は、カラー写真を束にして持っていた。十津川はその二十枚の写真を、小菅の前に並べていった。週刊誌大に引き伸ばしたカラー写真である。

そこに、写っているのは全て同じクルーザーだった。明かりをつけ満艦飾（まんかんしょく）である。暗い夜の海で、クルーザーは、華やかに輝いて見えた。

「これは全て、同じクルーザーを撮ったものです。クルーザーの名前は、『SAKURAⅡ世号』。持ち主は坪内正明。撮られた日時は三月二十六日の夜です。持ち主の坪内正明に問い合わせたところ、前には停泊していないと言っていましたが、三月二十六日の深夜に下灘沖で夜の海に魅かれ、錨（いかり）を投げ、夜明けまで船の後甲板で、パーティーをやっていた。そう証言を変えています。我々は、お父さん以外にも誰かが、その夜、このクルーザーを写真に撮っているのではないか。そう思って、かき集めたのが、この二十枚の写真です。予想が当たったのですが、ご覧になるとわかるように、全て、松山方面から撮られています。その上、舳先（へさき）を松山方面側に、向けているのです。そのため、深夜から夜明けまで、パーティーをやっていたという後甲板が写っていないのですよ。写真を見ると場所は間違いなく下灘沖。ですから、下灘方向から撮った写真があれば、パーティーの行われた後甲板が写っているはずなんですが、予讃線はすでに終列車が通った後で、その上一番近い下灘は無人駅ですから、駅の明かりは、もう消えてしまっています。そんな中で暗いホームに小菅信一郎さん、あなたのお父さんがいて、沖合いに泊まってパーティーをやっているクルーザーの写真を撮っているんじゃないか。たぶん、下灘方向から三月二十六日夜に、この、クルーザーを撮った人は、あなたのお父さん、小菅信一郎さんしかいなかったんじゃないか」

「三月二十六日深夜から夜明けまで、このクルーザーの後甲板で、パーティーが行われていた。何か理由があって、そのことを警察が調べているんですか？」

と、小菅がきいた。

「皆川春彦五十歳、笠井由美四十五歳。この二人が、三月二十六日以後、姿を消してしまったんです」

と、十津川がいった。

「皆川春彦と笠井由美ですか。聞いたことのない名前ですが、どういう人たちなんですか？」

と、小菅がきいた。

「金儲けの天才です」

と十津川がいった。

「しかしこんな名前の人たちを、私は知りませんが」

「これは、本名ですが、この二人は、ほとんど偽名で動いています。金を持っていそうな人間を騙して金儲けをしているんです。私は殺人もしているんじゃないかと思ってここ数年、追いかけているんですが、なかなか尻尾を出さない。そうこうしているうちに三月二十六日からこの二人の消息が、ぱったりと途絶えてしまったんですよ」

「そのことと、三月二十六日深夜のクルーザーと関係があるんですか？」

「実は一か月前に、この二人が、大金持ちの中国人夫婦に扮して、日本人を騙し、合計五億円の詐欺をはたらいたんです。訴えもあって警察が、この二人を追いかけました。今度こそ、逮捕してやるということで、各県警、それに警視庁も入って合同捜査を始め、追い詰めていったんです。ところが、今いったように、三月二十六日以後、ぱったりと、二人の足取りが消えてしまいました。我々の考えでは、坪内正明が所有している大型クルーザーに逃げ込んでいた。坪内もこの二人と、組んで、詐欺事件を起こした前科がありますからね。坪内がこの二人をかくまっていたと我々は、考えているんですが。三月二十六日の深夜から、二十七日の朝にかけて、このクルーザーの中で、パーティーが行われた。その後、この二人は、クルーザーから、どこかへ消えてしまった。坪内が、二人をどこかに逃がしたのか、あるいは自分も共謀して、悪事を働いたことがあり、彼にとって、この二人は危険な存在なので、深夜のクルーザー上のパーティーの後、殺して海に沈めてしまったのか。どちらかわかりませんが問題は二人の写真が無いことなんですよ。ご覧のように、二十枚の写真は、見つかりました。しかし、クルーザーの、船首は写っているが、後甲板は、写っていない。したがってクルーザーのパーティーに二人が参加していたかどうかも、わからないんですよ。その写真を撮っているのは、下灘方向からクルーザーのパーティーを写していたあなたのお父さんなんですが、あなたのお父さんが、殺され、写真もカメラも、消えてしまった。それが残念でならんのです」

十津川は本当に、悔しそうにいった。

「私の父が、どうして、下灘からそのクルーザーを撮ったと、わかるんですか？」

「あなたのお父さんが、海の宝石のように美しかったと、いっているからですよ。

この日、明かりを点けて後甲板で、パーティーをやっていた。夜の海の中で、それは間違いなく宝石のように見えたと思いますからね。もし、こちら側からクルーザーが写真に写っていたならパーティーの様子も、わかるし、問題の二人が写っていれば、クルーザーの持ち主の坪内の関与がはっきりしますからね」

と、十津川がいった。

「しかし、下灘の方から、クルーザーを撮ったと思われる父は、死んでしまったし、父の撮った写真も、見つからない。それならお手上げじゃないですか」

小菅がいった。

「もう一台のカメラは、あなたが、お持ちでしたね？」

と、十津川がきいた。

「父のマンションに、あったんです。全く同じ高性能のカメラで、何が写っているか、調べてみたら、北陸の写真ばかりでした。今から考えれば、あれは、父が下灘ではなくて、北陸に行っていたことにするための、ごまかしだったと思いますね」

「その、カメラを使って、何とか、犯人たちを追い詰められないかと考えているんですがね」

と、十津川がいった。

「犯人たちを騙す方法は、ありますよ。引っかからないでしょうがね」

と、小菅がいった。

「どうするんです？」

「元々、問題のカメラは、父が下灘に来て、下灘の海の写真を、撮っていたものです。問題のクルーザーの写真も、撮っていたかも、しれません。犯人は、それを全部消して、北陸の写真を撮っておいて、カメラをマンションに戻しておいたんです。ひょっとすると、下灘の海の写真を、一枚か二枚、消し忘れているかもしれません。そこで、問題のカメラを使って、私が、下灘の海を撮りまくりますよ。問題のクルーザーは今、どこに、あるんですか？」

「現在、築地にある坪内所有のマリーナに、係留されています」

「それでは、犯人たちに、わからないように、私が持っているカメラで、クルーザーを撮りましょう。ただ、坪内所有のマリーナにあるのを撮ってもしょうがない。何とかして、この、下灘の沖に停泊しているクルーザーを、撮りたい」

「どうやるんですか」

「私にも、わかりませんが、父のカメラは性能の良いプロ用のカメラですから、何とか下灘の海に、停泊しているように見せる、そんな写真も、作れるんじゃありませんか」

と小菅がいった。

「それでは、カメラを、二日ばかり貸してください。専門家に頼んで、犯人を騙すような写真が、作れるかどうかをやってみますよ」

と、十津川がいった。

2

十津川は問題のカメラを小菅に借りると、それを持って日本で一、二を争うといわれる写真家の所に行った。

風景写真や人物写真が、得意だが、トリック写真を作って、それを使って人々を驚かせることも得意な写真家だった。

十津川は、その写真家戸田三平（とださんぺい）に会うと、あっさりと現在警察が置かれている状況を、説明してから、

「それで先生に、一種のトリック写真を撮っていただきたいんです。下灘をご存じですか？」

ときいた。戸田は笑って、

「知ってますよ。下灘のポスターを撮ったこともありますから」

「それなら、お願いしやすい。このカメラで下灘の海を何枚か撮ってから、こちらのクルーザーを、その写真に、はめ込んでもらいたいのです。現在、このクルーザーは築地のマリーナに、係留されています。それを、下灘の沖に、浮かんでいるようにに、そんな写真を、何枚か撮っていただきたいんです」

十津川がいった。

「面白い。やってみましょう」

と、戸田はあっさりと引き受けた。

そして翌日、問題のカメラを持ち、助手を一人連れて下灘に行き、そこで下灘の海を撮りまくった。今度はクルーザーだが、坪内のマンションは築地のマリーナのそばにあるので、坪内がマンションにいる間は、マリーナに係留されているクルーザーを撮ることは難しかった。

そこで、坪内が、仕事で築地を離れている間を狙って戸田は、助手を連れてマリーナに入り込み、船尾の方から、問題のクルーザー「ＳＡＫＵＲＡⅡ世号」を撮りまくった。

次は、下灘の海に、クルーザーを取り込む作業である。素人の小菅などから見れば、難しい作業だと思うのだが、戸田は意外にあっさりと、その作業を終えてしまった。

十津川と小菅が賞讃（しょうさん）すると、戸田は笑って、

「これからこのトリック写真を、坪内正明本人に、信じさせられるかどうか、そこが、難しい」

といった。

六月中旬。十津川は、新宿東口に小さな画廊を借り、そこで写真展を、開くことにした。その個展のタイトルは、

「亡き父が愛した下灘の海　小菅明」

とした。

受付は、彩乃に頼むことにした。彩乃には、小菅が、父親のことを話していたから、誰かが、質問してきてもうまく答えてくれるだろうと、小菅が思ったからである。

入り口には大きく引き伸ばした下灘の海の写真を飾った。そこには、わざと撮影の日付を入れた。次は、下灘の海に浮かぶクルーザー、「ＳＡＫＵＲＡⅡ世号」の

写真である。ただし、夜の下灘の海に浮かぶＳＡＫＵＲＡⅡ世号の写真は撮れていない。マリーナに係留中に撮られたそのクルーザーは、明かりを、点けたことがなかったからである。

しかし、下灘の海に浮かぶ「ＳＡＫＵＲＡⅡ世号」の写真は、十津川や小菅が、何度見ても、二つの写真を合成したものには、とても見えなかった。問題は、クルーザーの持ち主、坪内正明がどう、受け取るかである。

この個展は、半月の予定にしたのだが、その間、坪内は、とうとう見に来なかった。そこで十津川は、次に、銀座に移して、そこで同じく半月の個展を、開くことにした。

十津川は、この写真展について評論家に、批評を頼み、それを、新聞と週刊誌に、載せることにした。坪内正明がそれを読んで、個展会場に、来ればと思ったのである。

こうなると、根競べである。坪内は、なかなか現れない。銀座で個展を開いた、五日目、カメラを持った若い男が現れ、飾られている写真を、カメラで、撮りまくった。場内は、撮影禁止である。受付の彩乃が止めようとするのを、十津川は、制した。これも、反応の一つだと思ったからである。十津川は若い刑事二人を連日、個展会場にはりつけておいたから、すぐその若い男を、尾行させた。

若い刑事が戻ってきて、十津川に報告をした。

「あの男は東京駅に行き、八重洲口で、坪内と会っていました。坪内はあの写真を撮ったカメラを、受け取ると、東海道新幹線に、乗り込んで、出発しました」

「東海道新幹線だな」

「そうです」

「それならたぶん、岡山から四国へ渡って下灘に行くつもりだ」

十津川は期待して、いった。

下灘にも、刑事二人を置いていた。下灘好きの若者の恰好である。退屈なら下灘の海の写真を撮っているようにと、いってあった。

もし、十津川の想像通り坪内が下灘に行ったとすれば、二人の刑事から、報告が届くはずである。

その日の夕方になって、下灘にいる日下刑事と三田村刑事から十津川に電話が入った。

「今、問題の男、坪内がやってきました。レンタカーを借りていて、どうやら今日はそのレンタカーに泊まるようです」

と、日下刑事がいった。十津川は、

（やっと、坪内が興味を覚えたらしい）

と思った。

しかし、坪内の動きは、それだけではなかった。

その日のうちに、五人の男が、キャンピングカーで、下灘にやってきたと、三田村刑事から、連絡があった。

「キャンピングカーの五人は、坪内の部下と思われますが、ここでは全く関係のないグループとして動いています」

と、日下が、つけ加えた。

翌日の夕刻になると、更に、坪内の動きが活発になった。

「坪内の所有するクルーザー『ＳＡＫＵＲＡⅡ世号』が下灘の沖に、姿を現しました」

と、日下が知らせてきたのである。

「それで、クルーザーは、どんな動きをしているんだ？」

十津川は、下灘の写真を見ながら、日下にきいた。

「今のところ、ただ、沖合いにとどまっているだけですが、夜になれば、多分、明かりを点けて、下灘の駅から、どんなふうに見えるのか、調べるつもりだと思います」

と、日下が答える。

「現在、下灘の駅は、どんな具合なんだ?」

「ホームは、キャンピングカーで、やってきた五人に占領されてしまっています。この五人は、しばらくキャンピングカーに寝泊まりして、下灘駅を占領しつづけるつもりだと思います」

「坪内はどうしているんだ?」

「それが、まるで、キャンピングカーの五人と入れ代わるように、姿を消してしまいました」

「下灘にいないのか?」

「坪内の乗ってきたレンタカーと一緒に、消えました。ひょっとすると、沖合いのクルーザーに、移ったのかもしれません」

「そうか。下灘の駅から、沖合いを見たり、逆に、クルーザーのほうから、下灘の駅を見たりして、三月二十六日に、自分たちがどう見られているかを、調べるつもりなんだろう。夜になったら、どう変化していくのか、じっくり観察して報告してくれ」

　と、十津川が、いった。

　夜になると、日下と三田村は、まるで、現場中継のような感じで、報告してきた。

「現在、下灘の周辺が、暗くなってきています。予想どおり、沖合いのクルーザーに、明かりが点きました。『海の宝石』の感じです」

「クルーザーは、船尾を、下灘に向けているのか？」

　と、十津川がきく。

「そのとおりです。クルーザーの後甲板が、良く見えます。ああ、そこに、坪内が、いますね。テーブルを囲んで、ビールを飲んでいます。他に、男一人と、女一人の三人です」

「それを、写真に撮れるか？」

「後甲板は、はっきりと見えますから、坪内を入れて、撮ることが、可能です」

「それなら、坪内を入れて、撮りまくってくれ。私も、すぐ、そちらへ行く」

　と、十津川は、いった。

　坪内は、明らかに、三月二十六日の夜、クルーザーの後甲板で、何か事件を起こしている。下灘側から見た場合、どこまで写っていたかを気にして実地検証をしているのだ。

十津川は、自分の目で、そんな坪内を観察したくなった。新幹線と、予讃線を使っていたのでは、時間が、かかり過ぎるので、十津川は、飛行機で、松山へ飛ぶことにした。

翌日、十津川は、亀井と共に、午前七時二十五分羽田発の松山行き日本航空四三一便に乗った。

午前八時五十分松山着。

時間を無駄にしたくないので、松山空港から下灘までタクシーを飛ばした。

下灘駅前で、日下と三田村の二人が、十津川を迎えた。

十津川は、タクシーを降りると、反射的に、駅のホームに目をやった。

人の姿はない。

「キャンピングカーは、向こうに、停まっています」

と、日下が、いった。彼の指さす方向の空地に、ツートンカラーのキャンピングカーが停まっていた。

「昨夜は、五人で、ホームを占領していましたが、朝になると、疲れたのか、車に入って、出てきません。多分、寝ているんだと思います」

と、三田村が、いった。

「クルーザーのほうは、どんな具合だ？」

と、亀井がきいた。

「夜中には、坪内たちが、後甲板で、ビールや、ワインを飲んでいました。多分、ホームの五人と連絡して、下灘のホームから、どう見えるのか調べているんだと思います。クルーザーの三人のほうも、朝になると、船室に引っ込んでしまいました」

と、三田村が、答えた。

十津川は、駅のホームにあがってみた。

沖に、問題のクルーザーが、見えた。明かりを消し、甲板に人の姿はない。十津川たちは、駅から、少し離れた地点で様子を見ることにした。

暗くなると、キャンピングカーから、二人の男が降りてきて、駅のホームにあがった。

一方、沖のクルーザーにも、明かりが点き、後甲板に人が出てきた。坪内と、男女のカップル。テーブルを囲み三人でパーティーが始まった。

はっきりと、坪内とわかる男が、何か喋りながらビールを飲み、ワインを飲み始めた。

下灘駅のホームにいる男二人は、沖合いのクルーザーに向かって、カメラを構え、盛んに、シャッターを切っている。

その様子を、十津川の部下が、カメラにおさめていく。

十津川は、カメラを持たず、亀井と、少し離れた場所から沖合いのクルーザーを、見つめた。

後甲板のパーティーが、延々と続く。

モーターボートで後から来たのか、クラブのホステスらしき二人の女性がパーティーに加わって、賑やかになっていった。

坪内は、ご機嫌で、女性を、からかったりしている。

「ご機嫌ですね」

と、亀井が、いった。

「そうだね。何が楽しいのかね?」

十津川は、ふいに、冷たいものが、背筋に走るのを覚えた。十津川は、下灘に集まった坪内たちを、ひそかに、観察しているつもりだった。

だが――

（逆に、こちらの動きを坪内は、観察しているのではないか？）
と、気付いたのだ。

第六章

夜の下灘沖（後編）

1

東京の捜査本部には、五人の刑事が残っていた。

十津川たち主力は、大挙して、下灘へ行ってしまっていたから、五人は、助っ人として、派遣されてきた、いわば、援軍である。

五人の中のリーダー格は、二十九歳の真田刑事だった。

十津川は、真田刑事に、連絡した。

「すぐ、築地の坪内正明の事務所に行ってくれ。坪内は、今、下灘に来ているが、これは、陽動作戦で、東京で何か企んでいる。坪内の事務所を調べれば、それがわかるかもしれない」

「令状が下りないかもしれませんが」

「緊急ということで、令状なしでやってくれ。責任は私が取る」

と、十津川は、いった。

真田たち五人は、直ちに、パトカーで、築地に向かった。

問題のビルに着くと、真田は、エントランスで、受付の人間に警察手帳を示して、最上階にある坪内正明が所長室として使っている部屋を調べたいと、いった。

「令状をお持ちですか？」

と、きかれる。

「殺人事件の捜査に絡む緊急の捜査です」

「オーナーの坪内さんに、連絡しますので、お待ちください」

「坪内さんが、今、何処にいるかわかっています。クルーザー『ＳＡＫＵＲＡⅡ世号』で、現在下灘沖に、停泊して、瀬戸内海の美しさを楽しんでいらっしゃるはずです。警視庁の十津川警部も下灘に行っているので、了解は頂いているはずです」

と、真田が、いうと、相手は、それで納得した。

真田たちは、早速、広い部屋の中を調べ始めた。

十津川から、皆川春彦と笠井由美の二つの名前に、注意するように、厳命されていたので、五名の若い刑事は、特に、その名に注意を払いながらの捜査だった。

高価そうな絵画や、陶磁器などは、すぐ、目に入ってきたが、肝心の名前のほうが、いっこうに、見つからない。

机の引き出しを探し、パソコンの中を探したが、この二人の名前が、出てこないのである。

例えば、今年の年賀状は、三百枚近くあったが、その中に、皆川春彦からの年賀状も、笠井由美からのものも、無いのである。

名刺も、ホルダーに、百枚以上入っていた。中には、外国人の名刺もあったが、肝心の二人の名刺が見つからないのである。

仕方がないので見つかった名前を次々に書き留めていった。とにかく、全てを書き留めていくので、五人の刑事の手帳は、たちまち一杯になってしまった。

疲れ切って、真田たちが、ひと休みしているところへ、三上(みかみ)刑事部長が、飛んできた。

「十津川警部は、何処だ？」

と、叫ぶように、いった。

「四国の下灘で、容疑者を監視しています」

「この事務所の捜査は、誰の許可でやっているんだ？」

「それが、緊急なので令状は持っていません」

「誰が緊急だと決めたんだ？」

「それは、捜査員の総意だと思いますが」

「坪内正明に関する捜査は、たった今、中止する。これは、命令だ。十津川警部には、よく伝えておけ」

　と、三上刑事部長が、叱りつけるように、いった。

「坪内正明に対する捜査は全て中止ですか？」

「捜査で、何か発見されたのか？」

「今のところ、何も出ていません」

「当たり前だ。坪内正明は、今から容疑者から外し、捜査はしなくていい」

「わかりました」

「すぐ引き揚げろ。十津川警部にしっかりと伝えておくんだ」

　と、三上は、決めつけるように、声を大きくした。

「十津川警部に伝える際は、誰からの命令だといいますか？　必ずきかれると思いますから」

　と、真田は、粘った。

「上からの命令だといえばいい。それで、わかるはずだ」

とだけ、三上はいった。

　真田たち五人は、パトカーで、引き揚げた。が、途中で、真田が十津川に電話を入れた。

「刑事部長からの伝言があります。今から坪内正明に対する捜査は中止せよとのことです」

「刑事部長の指示とは思えないな」

「上からの命令だと、いわれました」

「そうか、わかった。明日、東京に帰る」

と、十津川が、いった。

その電話の途中から、沖に停泊しているクルーザーが動き出した。

後甲板に出ていた円テーブルが、片付けられ、錨が巻きあげられていく。

出航の準備が始まったのだ。

（ぴったり一致している）

と、十津川は、思った。

東京では、坪内正明を、捜査対象から外せという上からの指示があったという。

この指示は、今、沖に停泊しているクルーザーにも伝えられたはずである。そうなれば、芝居をしている必要は無くなったとして、出航の準備を始めたとみるのが当たっているだろう。

汽笛が、鳴った。

クルーザー「ＳＡＫＵＲＡⅡ世号」が動き始めた。後甲板には、男が一人だけ残っていた。坪内正明だ。

こちらに向かって、手を振っている。顔が笑っている。勝利者の笑いだ。

そんな坪内と、クルーザーに向かって、十津川は、カメラを向けて、何回もシャッターを切った。

坪内とクルーザーを、脳裏に、きざみつけておきたかったからである。

クルーザーが、視界から消えると、十津川は、部下に命令した。

「われわれも、引き揚げるぞ」

全員が、捜査本部に戻ったのは、翌日の朝である。

十津川は、さほど、めげていなかった。

坪内と、クルーザーの捜査を中止させたのが誰か、想像がついていたからである。

三上刑事部長が、捜査の中止を命じたが、部長本人の意思で、命じたとは思えなかった。三上が、政治家に弱いことは知っていたが、それを伝えに、わざわざ、現場に来るとは、考えにくい。上の方から、何らかの命令があった場合、三上は、単なる命令の伝達者でいることに、ヘソを曲げて、電話ですませてしまう男である。

そう考えると、警視庁内の上からの命令とは考えにくい。

十津川が、思いあたったのは、小林法務大臣だった。

理由の一つは、坪内との関係である。坪内は、小林代議士の後援会の会長だった。日本一周を、坪内のクルーザーで、楽しんだ写真を見たこともあった。

坪内が、いつだったか、「私の夢は、郷里の生んだ小林代議士を、総理にすることだ」と、語っていたのを、十津川は、憶えていた。

そのあと、十津川は、真田たち五人の報告を受けた。

「坪内正明の事務所を調べた結果、もっとも不思議だったのは、宛名です。坪内正明宛ての郵便物が多いのは、当然ですが、中には、別の名前で届いている郵便物が、かなりありました。それから、警部のいわれた皆川春彦、笠井由美の名前のものが一件もありませんでした」

「その代わりに他の名前のものが、あったわけだね？」

「そうです」

「数の多かったものを、多い順に並べてみてくれ」

と、十津川が、いった。

真田が、自分の手帳を見ながら、三つの名前を、十津川に示した。

竹内　明　　　　　五十六件
井上　美雪　　　　十九件
川田　夢彦　　　　十八件

「この三つの名前が、この数字だけ見つかっています」

「竹内明が五十六か？」

「殆（ほとん）どが、年賀状です。三百枚近くの年賀状の中に、竹内明の名前が、五十枚あったのです。他の六件は、パソコンの中に、発見しました」

「面白いね」

　と、十津川は、微笑した。

「面白いですか？」

「偽名を名乗る時は、本名の一字を使うことが多いといわれているんだよ。この三人が、その典型だから、面白いんだ」

　と、亀井が、いった。

「偽名ですか？」

「多分、三人とも偽名だ。その上、ご丁寧に本名から、二字ずつ取っている」

十津川は、その三人の名前を並べて、いった。

坪内　正明　↓　竹内　明
皆川　春彦　↓　川田　夢彦
笠井　由美　↓　井上　美雪

「一字どころか、二字も、本名から、取っている。偽名を使い慣れていない証拠だよ」

「これから、どうしますか？」

「私としては、嬉しいね。坪内正明についての捜査は禁止されたが、竹内明の捜査は、禁止されたわけじゃないからね。堂々と、捜査ができる」

と、十津川は、嬉しそうに、いった。

「皆川春彦と、笠井由美の、偽名と考えていいですか？」

と、日下刑事がきく。

「十八も十九も、その名前が見つかったとすれば、少なくとも十八回か十九回その名前を、坪内正明との間で使ってきたということだろう。後ろ暗いことがなければ、皆川春彦と、笠井由美の本名を使うだろう。この二つの名前は、見つからなかったんだね？」

「そうです。全く見つかりませんでした」

「そうなると、坪内正明を含めた三人は、偽名で、つき合うことが多かったんだろう」

「嫌でも、犯罪を通してのつき合いだったんだと思います」

「竹内明、川田夢彦、井上美雪の三人が、坪内正明、皆川春彦、笠井由美の偽名だという確証が欲しいね」

と、十津川が、いった。

「坪内正明に、直接、きくわけにもいかないでしょう？」

と、亀井。

「それ、試してみようじゃないか」

と、いって、十津川がにっこりした。

「どうやって、試すんですか？」

「直接、坪内本人に、会いに行こうじゃないか」

「坪内本人の捜査は、禁止されていますよ」

「そのことを、直接本人にいいに行くんだ」

と、十津川はいった。

十津川は、亀井と、その日のうちに、坪内の事務所を訪ねていった。

クルーザー「ＳＡＫＵＲＡⅡ世号」は、すでに、近くのマリーナにつながれていた。それを見て、坪内は事務所に帰ってきていると読んで、ビルのエントランスで、来意を告げた。

拒否されるかと思ったが、意外にもすぐ部屋へ通された。

上から、捜査中止の命令が出ていることを知って、気持ちに余裕が生まれているのではないか。

十津川はそんなことを考えながら、エレベーターに乗った。

案の定、坪内は、笑顔で、二人を迎えた。
二十五、六歳の女性が、茶菓子を出してくれる。
「秘書の宇野麗良さん」

と、坪内は、紹介したあと、

「ところで、今日は何のご用ですか？　もう、私には用がないはずですが」

と、きく。

「今日は、お詫びに参りました。実は三月末に伊予灘沖で起きた殺人事件を捜査しているのですが、何かの間違いで、坪内さんの所有するクルーザー『ＳＡＫＵＲＡⅡ世号』に、疑いの目を向けてしまいました。これは、当方の間違いで、そのため、ご迷惑をおかけしました。今日は、そのお詫びに参った次第です。今後坪内さんに関する捜査はやりませんのでご安心ください」

十津川の言葉に坪内はニッコリして、

「その言葉を聞いて、安心しました。ところで、こんな質問をしても構いませんかね。私に関する捜査を中止するというのは、大いに歓迎ですが、できれば、その理由を教えていただけませんか。私のことを心配してくれている人間も多いので」

「それは、簡単な理由です。今、申し上げた殺人事件について、有力な容疑者が、浮かんできたからです。坪内さんを誤って容疑者扱いをして、ご迷惑をおかけしましたが、もう、大丈夫です。充分に捜査し、自信を持って容疑者と断定できたからです」

「容疑者は何人ですか？」

「三人です」

「三人も、容疑者が、浮かんでいるんですか。それなら殺人事件の解決は間もなくですね。今から、おめでとうを申し上げておきましょう。それで、どんな連中ですか？」

「どんな人間なのかは、捜査の真っ最中なので、内密にさせていただきたい。ただ、三人の名前は、わかっているので、お知らせします。もし、この三人の中に坪内さんが、ご存じの方がいらっしゃったら、協力をお願いします」

十津川は、メモ帳を出して、そこに三人の名前を書いた。

竹内　明
川田夢彦
井上美雪

十津川は、その紙片を、そっと、坪内の目の前に置いて、その反応を見すえた。
笑顔が、一瞬にして、戸惑いと、狼狽に変わった。更に、その狼狽を隠そうとして、横を向いた。こめかみが小さく震えている。
顔が、こちらを向いた時、その顔が、笑っていた。こめかみの震えも消えている。
（なかなかだな）

と、十津川は、感心した。だが、

「ところで、この三人は、いくつぐらいですか？」

と、きいてきた時、かすかに、声が震えているのを感じて、

（まず、初戦は、こちらの勝ちか）

と、思った。

別れる時、十津川は、わざと、

「もう二度とお目にかかることもないと思います」

と、いった。

2

しかし、捜査本部に戻ると、若手の刑事二人に、パソコンを使って、手紙を書かせることにした。

築地の事務所宛てだが、宛名は、「坪内正明様」ではなく、「竹内明様」である。

「手紙の内容だが、坪内の気持ちを不安に陥れるようなものを考えてほしい。片方は、川田夢彦の名前を入れ、もう片方には井上美雪の名前を入れる。私は、坪内が

この二人を殺したか、何処かに監禁しているか、どちらかだと思っている。そのことを頭に入れて、坪内を不安に陥れてやりたいのだ。ただし、こちらの状況は知られたくないから、あいまいで、かつ、坪内が驚くような文章にしてほしい」

と、十津川は難しい注文をつけた。

若い二人は、なかなか、十津川が要求するような文章は、作れなかった。

十津川は、そこで、刑事全員に、知恵を出せと、命じた。

今度は、十津川の期待するような文章になってきた。

結局、次の二つが採用された。

「川田夢彦は、どうしたんだ？　さまざまな噂が流れて、不安が広がっている。はっきりさせるべきだ」

「井上美雪は、殺したんだろう？　下灘沖で、船から突き落としたのか？　はっきりさせて、安全だと証明しないと、仲間の間に、不安が広がっていくぞ」

問題は、警察とは気づかせずに、坪内の反応を確めることだった。

そこで、坪内の事務所の傍に建つツインビルの部屋を、一か月、借りることにした。

坪内の部屋を見渡せる同じ階の部屋である。

その部屋には、三田村と、北条早苗の二人を張りつかせることにした。

二人には、坪内の部屋と向かい合うベランダのカーテンを閉めさせ、その隙間から、望遠レンズ付きのカメラで、覗かせている。

集音マイクも用意したが、坪内の部屋での会話を聞き取れなかったので、途中で、使用は、止めてしまった。

十津川は、「竹内明」宛ての手紙二通を一日置きに投函させた。

その二通が、坪内にどんな反応を与えるか、それは、三田村と北条早苗の観察に任せた。

二通の手紙は、どちらも、午前十時半頃に配達された。

坪内は、昼近くに、必ずエレベーターで一階に下り、配達された郵便物を取り出して、部屋に戻っていた。

三田村と北条早苗は、午前十時半から、カメラにかじりついた。

十津川たちが投函した手紙を坪内が読むところを、望遠レンズで捉えられた瞬間もあれば、望遠レンズに入らない部屋で読んでいるケースもあった。

　だが、坪内の反応を正確に捉えることは、難しかった。

　三田村や、北条早苗の報告を受けて、十津川は、もう一度、竹内明宛ての手紙を二通作り、それを一日置きではなく、同じ日に送りつけた。

　その結果を、三田村と北条早苗は、望遠レンズで撮った一枚の写真で、示した。

「正直にいって、坪内の反応は、はっきりしません。望遠レンズに入ってくることが少ないからです。ただ、坪内は、四通の手紙を受け取ったわけですが、そのうちの二通に対して、はっきりした反応を示しています」

　三田村がいい、ある男が写っている二枚の写真を、北条早苗が、十津川に見せた。

「坪内は、二回とも、すぐ、何処かに電話し、この男が、二回とも、駆けつけて、坪内と話をしています」

　と、北条早苗はいった。

「身元は？」

　と、十津川が、きいた。

「今のところ、全くわかりません。わかるのは身長一七五、六センチ、やや痩せ形という外見だけです」

「年齢は、五十歳ぐらいだな」

「そう思います」

「他には、何もわからずか？」

「一つだけ、可能性があるのは車です」

と、三田村が、いった。

彼は、車の写真を取り出した。国産の四輪駆動車だった。

しかし、横から撮っているので、ナンバーは、見えない。

「これが、写真の男の車か？」

十津川が、きいた。

「それが、わからないのです。あのビルは地下三階までになっていて、地下は全部、駐車スペースになっています。そこに出入りする車を注意していたんですが、殆どが、外車です。ですから、写真の車は、住人のものではない可能性が高いのです」

と、三田村がいった。

しかし、十津川が欲しいのは、確証だった。

そこで、もう一度、手紙を投函し、それに合わせて、三田村と北条早苗のほかに、五人を増員させて、出入りする車を見張らせた。特に、国産車をである。

案の定、写真の男が、坪内に呼ばれて、やってきた。

その男が帰る時、刑事たちは、地下の駐車場から出てくる車を全て写真に撮った。

結果、該当する車と、ナンバーが、わかった。

そうなれば、車の所有主も、簡単に、浮かび上がってくる。

○円城寺(えんじょうじ)　真(まこと)（五十二歳）
S大卒。アメリカ・イギリスに遊学の経験あり。現総理のブレーンだったことあり。その時代のことを総理は、「彼の言う通りに動いて、失敗は殆ど無かった」と、いう。


「これが、その頃の円城寺の写真です」

と、いって、日下が、新聞社から借りてきた写真を十津川に渡した。

現総理と、円城寺が、ゴルフウェア姿で並んでいる写真だった。が、十津川が注目したのは二人の後ろに、同じくゴルフウェア姿の、坪内正明が、写っていることだった。

第七章

下灘の真実（前編）

1

十津川は、日本というのは、昔も今も、コネ社会だと思っている。

ここに来て、その感が、強くなった。有力政治家と親しければ、それまで、役所の窓口へ行って、何回陳情しても、予算が無いとか、人手が足りないといって、動いてくれなかったものが、政治家の一言で、突然神風が吹いて、あっという間に、陳情していた仕事ができあがってしまうことを、知っているのだ。

ただ、日本人というのは、それを非難するより、自分も政治家に知り合いがいればいいのにと考えてしまうのである。

調べた結果、円城寺真という男は、国際弁護士の資格を、持っていることが、わかった。

多分、国際弁護士の円城寺は、今も、政治家と繋がっていて、その円城寺と坪内は、金で繋がっている。更に、政治家を介しても、多分、仲間だろう。

（問題は、皆川春彦と笠井由美だな）

と、十津川は、考える。

この二人は、坪内と繋がって、働いていたに違いない。また、坪内を通して、弁護士の円城寺と知り合い、政治家とも懇意になる。いわゆるコネの世界である。その関係には、「金」という潤滑油が使われていたに違いない。

それが、何処かで、おかしくなった。潤滑油である金の流れが悪くなったのか、政治家の都合なのかは、わからないが、この四者の仲がぎくしゃくしてきたのだろう。

そこで、坪内が、二人の処分をすることになった。坪内は、十人の部下を持っているのだ。

しかし、皆川と笠井の二人のほうも、用心しているので、簡単には、始末できない。

「そこで、坪内は、自分のクルーザーを、利用することにしたのだと思います」

と、十津川は、捜査会議で、自分の考えをいった。

「坪内は、この二人をクルーザーに招待し、神戸で乗せたと思います。そして、海上で、パーティーを開いたのだと思うのです。その場所が、下灘沖だった。なぜ、下灘沖だったかといえば、そこの海岸からの目撃者が一番少ないと思ったからではないでしょうか。松山沖や、高松沖では、海岸が明るく、目撃される可能性が高いからです。それでも、坪内は、たとえ、目撃されても、疑われないように、また、二人を用心させないために、明かりを点け、あくまでも、パーティーに見せかけたのだと思うのです。そのパーティーの席で、二人に毒薬の入ったシャンパンか、酒を呑ませて殺し、そのあと、死体に重しをつけて、下灘沖に沈めたのだと思っています。

それを、下灘駅で、カメラに収めていた小菅信一郎は、最初は、洋上のパーティーと見ていたのだと思います。ところが、あとで、写ったものを見ると、そこに、二人の死体を沈めるところが、写っていたに違いありません。一方、坪内は、死体遺棄の現場を、写真に撮った人間がいることを知って、三月三十日に、写真に撮った小菅信一郎を殺し、カメラを奪ったのです。これが、三月二十六日の夜から三月三十日にわたって下灘で起きた事件だと、確信しています」

と、十津川がいうと、坪内の捜査をやめさせた三上刑事部長が早速、反対の声をあげた。

「坪内正明についての捜査は、中止を命令した筈だがね」

「わかっています。従って、最初から疑惑を持っていたわけではなく、皆川春彦、笠井由美の二人を調べていて、今回の結論に達したわけです」

「証拠はあるのかね？」

「この二人は、三月二十六日から、行方不明です」

「死体で発見されたわけでもないだろう？」

「それは、その通りですが」

「坪内正明との関係はどうなんだ？」

「三人は、一緒に仕事をすることが多く、二人は、詐欺師です」

「証拠は？」

「現に、この二人は、株取引に絡んで、詐欺容疑で訴えられています」

「坪内正明との関係は？」

「坪内は、部下十人を使って、七十歳以上で資産が一億円以上か、年収一千万円以上の老人のリストを作り、二人に渡しています」

「それで罪になるのかね？」

「そのリストにあった二十五人が、二人の株取引に絡んだ詐欺に遭い、一千万円から一億円の損害を受け、現在、告訴しています」

「坪内正明が、それに関係しているという証拠があるのかね？」

「坪内が、二人の口を封じるために、下灘沖に沈めたという確信は持っています」

「逆にいえば、確証は無いんだろう？　こんなあやふやな推理で、坪内正明をマークしたら、必ず抗議されるぞ」

と、三上は叱責した。

その通り、翌日、弁護士の円城寺真が捜査本部に、抗議にやってきた。

「皆川春彦と、笠井由美の二人が、あたかも、死亡しているような噂が流れていること、しかも、それに、坪内正明が関係があるかのごとき見込み捜査は、絶対に許されない。中止していただきたい。さもなければ、当方としても、あらゆる手段を使って、坪内正明の名誉を守る」

これが、抗議の内容だった。それに対して、十津川は、

「坪内さんを、直接、訊問(じんもん)してもいませんし、容疑者扱いもしていません。皆川春彦と笠井由美の二人については、詐欺容疑で告訴されているので、捜査していて、その行方を追っています」

「それも、二人が殺されていて、犯人は、坪内正明だという誤った先入観を持っているんじゃありませんか？」

「死亡しているとは思っていますが、坪内さんを容疑者とは断定していませんよ」

「とにかく、坪内さんに、近づくこと、容疑者扱いをすることの二つは、やめてい

ただきたい。その疑いが見られたら、直ちに告訴します」

と、いって、円城寺は、帰っていった。

2

十津川の自信は、円城寺の抗議によっても崩れなかった。

皆川と笠井の二人がそれぞれ住んでいる、青山と四谷のマンションには、依然として、二人が帰ってきた様子は、見られなかったからである。

また、二人を知る人間も、彼らからは、全く連絡が無いということだった。

十津川は、愛媛県警に電話し、下灘沖の海域で、皆川と笠井の死体が発見されたら、すぐ連絡をくれるように、頼んでおいた。

もちろん、二人の写真と、三月二十六日深夜の事件だということも、伝えておいた。

小菅明は、彼のほうから、捜査の状況をきこうと電話してきたし、三回目には、捜査本部にやってきた。

十津川は、小菅にも、自分の考えを、正直に、伝えた。

「皆川春彦と笠井由美という二人の詐欺師が告訴されていますが、この二人と関係のある政治家が、身の危険を感じて、坪内に二人の処分を命じたのだと思います。そこで、坪内は、自分のクルーザーに二人を招待し、下灘沖で、船上パーティーを開き、彼らを殺害し、海に沈めたと、確信しています」

「それを、何も知らずに、父が、海の宝石と感じて、写真に撮ったということですね?」

「他に考えられません。何も知らずに、夜の海の、宝石と思って撮った写真に、殺人の証拠が写っていたのです。撮られたと気付いた坪内と、彼の部下が、あなたのお父さんを殺したと、確信しています」

「しかし、ちょっと変だとは思いませんか?」

「どこがですか?」

「父が、問題のクルーザーを撮ったのは、三月二十六日の深夜です。今のカメラは、デジタルですから、保存している写真を見ることができます。父も、撮ったあとすぐ見たと思うんです。当然、その時に、クルーザーの甲板上で、殺人の様子が写っているのに気付いた筈です。当然、すぐ、警察に知らせたと思います。それなのに、現地の警察に、父が殺人を知らせた形跡はありませんし、父が殺されたのは、三月三十日です。その間、十津川さんが容疑者としている坪内は、何をしていたんですか？　部下が十人もいたのだから、すぐ父を捜し出して、命を奪っている筈だと思うんですが」

「それは、坪内が、自分たちを写している人間がいると知るまで、時間がかかったということでしょう」

と、十津川が、いう。

「しかし、それなら、その間に、父が、警察に、知らせていた筈です。父は、そういうことには几帳面な性格ですから」

と、小菅が、いった。

一瞬、十津川は、迷ってしまったが、

「それは、最初、お父さんは、自分の撮った写真が殺人の場面だとは、気付かなかったからだと思いますよ。気付くのに、四日間、かかったということになってきます」

「そんなことって、あるでしょうか？」

「船上では、明かりを点けて、パーティーが開かれていました。坪内は、皆川と笠井の二人を、殺して、海に沈めようと、考えていた。そこで酒を大量に二人に呑ませた。そのあと、これは、想像ですが、介抱するふりをして、甲板の上から、船首の方に引きずっていって、海に沈めたのではないか。それをカメラで撮ったお父さんには、坪内が、泥酔した二人を、介抱してキャビンに連れていったとしか見えなかった。そのあと、他の写真と見比べたりしているうちに、海に沈められたのではないかと、疑いだしたということだと思いますね」

と、十津川。

「しかし、斉藤さんの電話では、父はとても怒っていたと……」といいながら、小菅は、何となく、腑に落ちない顔で、帰っていった。

苦しい説明をした十津川だったが、その自信は、揺らがなかった。

依然として、皆川春彦と、笠井由美の二人は行方不明だったので、坪内への疑いは、ますます強くなっていった。

十津川は、任意捜査で、築地に係留されているクルーザー「ＳＡＫＵＲＡⅡ世号」の、キャビンから甲板にかけて、念のため血液反応を調べることにした。自信があるのか坪内は、立ち会うことを拒まなかった。

十津川の推理が正しければ、船内の何処かで血液が反応してくる筈である。

もちろん、坪内と十人の部下は、クルーザーの中を、何度も洗ったに違いない。

が、それでも何処かに、かすかでも、血液反応が、出る筈である。

問題の二人の血液型は、同じＡＢ型だから、採取した血液がＡＢ型だったら、二人のうちの一人、或いは、二人が、クルーザーの中で殺された可能性が高くなってくるのだ。

その結果、あらゆる血液型が、見つかった。Ａ、Ｂ、Ｏ、ＡＢのＲｈプラスとマイナス、全てである。

可能性は、残ったが、クルーザーの船内で、二人が、殺されたという確証にはならなかった。

十津川は、決断すべき時が来たと思った。

その一つが、皆川と笠井から被害に遭ったグループによる新たな刑事告訴だった。弁護団が、相手の二人が、不在のまま、告訴したのである。

それでも、一週間後、二人は、出頭しなかった。

この時を選んで、十津川は、坪内正明を逮捕することを、決断した。

容疑は、殺人である。

三上刑事部長は、もちろん、反対した。が、十津川は、ひるまず、警視庁の副総監に、要請した。

「皆川春彦と、笠井由美の二人は、三月二十六日の深夜、坪内正明所有のクルーザーの中で殺害され、下灘の海に沈められたことは、間違いありません。二人が、詐欺容疑で告訴されながら出頭してこない今、この二人は、坪内正明に殺されたことは、間違いありません。今を措いて、逮捕する時は、ありません」

多分、三上刑事部長と同じで、拒否されるだろうと思っていたのだが、意外にも、十津川の要請は、受け入れられ、坪内正明に対する逮捕状が、下りたのである。

十津川は、部下を連れ、勇躍して、坪内正明の逮捕に向かった。

3

坪内は、反論もせず、むしろ、冷笑して、十津川たちを迎えた。

十津川が、令状を読み上げ、亀井刑事が手錠をかけた時、ただ一言、

「後悔するぞ」

といい、あとは、黙っていた。

弁護士として、円城寺真が、同行した。

円城寺は十津川に向かって、こう言った。

「もう少し考えてから、行動したほうが良かったと思うね」

「それは、私に対する忠告ですか？」

「そうですよ。功を焦ると、碌なことはない。とにかく、早まると、失敗することが多いですからね」

「私にすれば、遅かったと思っていますよ」

と、十津川は、いい返した。

円城寺は、十津川を見すえ、口元に薄笑いを浮かべていた。

わざと、時間を置いて、十津川は、坪内正明の訊問に入った。

十津川と亀井が取調室で、坪内と向かい合った。

「まず、あなたと、皆川春彦、笠井由美の関係をききましょうか。二人とは、親しい関係であることは、認めますね？」

と、十津川がいった。

もし、坪内が否定したり、ほとんど知らないといったら、坪内の事務所で見つけた二人の偽名のことを、ぶつけるつもりだったが、坪内は、意外にも、あっさり、

「親しくしていましたよ。ただ、最近になって、詐欺師的な匂いがするので、なるべく、関係しない、仕事を一緒にしないように心掛けるようにしましたがね」

と、いった。

「二人とは、何年のつき合いですか？」

「ほぼ、十年ですかね」

「二人とは、どんな仕事を一緒にしてきたんですか？」

「私の仕事は、興信所の経営です。お客からの様々な調査依頼を引き受けて調査するのが仕事です。ある会社に投資したいのだが、信用できるかどうかの信用調査、結婚話が持ち上がっているが、相手の男性、または女性の素行を知りたいという結婚調査、夫、または妻の素行がおかしいので、尾行して調べてほしいという素行調査、それに、最近では、借金のカタに有名画家の絵を渡されているのだが、本物かどうか調べてもらいたいという依頼なんかもありました。忙しい時には、十人の社員だけでは手にあまるので、そんな時には、あの二人にも手伝ってもらってきました」

「他の仕事も、手伝っているんじゃありませんか？」

「なぜですか？　私の会社は、興信所ですよ」

「しかし、あなた自身、あの二人には、詐欺師的なところがあるので、なるべく、親しくしないようにしていると、いった筈ですよ」

「それは、あの二人が、詐欺容疑で、告訴されているからですよ。その事件のことを知って、びっくりしているんです」

「あなたは、何人かの政治家と親しくしていますね？」

「ゴルフ場などで、知りあった方が、大半です。皆さん、ご立派な方たちですよ」

「特定の政治家の後援者になり、かなりの政治資金を提供しているんじゃありませんか？」

「政治家と親しくしていたほうがトクですからね。何といっても、日本は、コネ社会ですから」

「特に親しくしているのは、総理大臣と、法務大臣ですね？」

十津川がきくと、坪内より先に、円城寺弁護士が、

「総理に、坪内さんを紹介したのは、私です。私は、総理のブレーンでしたので、よく知っていましたから」

と、口を挟んだ。

「坪内さんにおききしますが、総理とは、何回ぐらい会っているんですか？」

「それほど、度々会っているわけじゃありませんよ」

「一年に何回ですか？　十回は、会っているんじゃありませんか？」

「たいていは、ゴルフ場ですよ。たまたま、私も総理も、霞ヶ関ゴルフクラブの会員なので自然に、会うということです。その時だって、別に、総理に何か頼んだことなんか、一度もありませんよ」

「あなたのほうからではなく、総理のほうから、頼まれることもあったんじゃありませんか？」

「私のほうは、民間の小さな興信所ですよ。一国の総理が、何を私に頼んで来るんですか？」

「大きな組織には、頼めないようなことをですよ」

　と、十津川は、いった。

「何か、具体的に知っているんですか？」

「だいたいの想像はついていますよ。皆川と、笠井の二人が、総理を裏切るような真似をした。そこで、紹介者のあなたは、この二人を消すことにした。あなたにしてみれば、二人より、総理のほうがはるかに、大切な存在ですからね。あなたが、どうやって、二人を消し去ったかも、わかっているんですよ。場所は、愛媛の下灘沖、使われた道具は、あなたのクルーザー、日時は、三月二十六日の深夜。どうですか？」

「何かと取り違えてるんじゃありませんか？　私はね、海と船が好きなんですよ。好きな船を使って、人を殺すような真似は、しませんよ」

「あなたは、その現場を、下灘駅のホームから、写真に撮られたことに気がつき、その人間、小菅信一郎を殺して、カメラを奪った。全てわかっているんですよ」

十津川が、一気に問い詰めると、坪内は、突然、下を向いて、泣き始めた。

「泣くのなら、全て、正直に話してほしいね」

と、十津川が、いった。

だが、坪内は、下を向いたまま、泣き続ける。

「泣くのは——」

と、いいかけて、十津川は、相手が泣いているのではなく、ただ、何かを、必死にこらえているのだと、気がついた。

坪内が、顔を上げた。

やはり、泣いていたのではなかった。

笑っている。いや、笑いをこらえているのだ。

十津川は、猛然と腹を立てて、叫んだ。

「何がおかしいんだ！」

　だが、坪内は、突然、

「今、何時ですか？」

　と、きいてきた。

「午前十一時五十六分」

　と、答えると、坪内は十津川に向かい、

「あと、四分で、十二時のニュースが始まります」

「それが、何なんだ？」

「ぜひ、そのニュースを見てください。それで、何もかもわかりますから」

「何がわかるんだ？」

「全てが、わかるんですよ。私に対する訊問は、意味が無くなります」

　亀井が、取調室を飛び出すと、タブレット端末を持って、戻ってきた。

　それを、テーブルの上に立てて、スイッチを入れた。

　正午のニュースは、すでに始まっていた。

　国際ニュースが、二つ終わると、次には、画面一杯に、男と女の顔が映し出された。

　十津川は、その男女の顔を見て、声にならない声をあげた。

まぎれもなくその二人は、皆川春彦と笠井由美だったからだ。

アナウンサーが、声を張りあげる。

「詐欺容疑で、告訴されていた皆川春彦さんと、笠井由美さんの二人は、行方がわからなくなっていたところ、本日、弁護士同伴で、姿を現しました。これによって、皆川春彦さんと、笠井由美さんに対する捜査が開始される見込みとなりました」

第八章

下灘の真実（後編）

1

十津川は、呆然(ぼうぜん)として、タブレットの画面を見つめた。

そこには、間違いなく、皆川春彦と、笠井由美の二人、その横には、弁護士らしき人物が、いるのだ。

二人は、自分たちが、告訴されていることを、認め、警察から呼ばれれば、喜んで、捜査に協力するとも、約束している。

「お二人は、現在、何処にお住まいですか？」

と、記者の一人が、きいた。

その言葉に、十津川が、改めて、画面を凝視した。

皆川と笠井が、それぞれの家にはいないことは、確認していた。

二人に代わって、弁護士が、答える。

「現在都内の同じホテルに泊まっています。ホテルの名前などは、勘弁してください。もちろん、ホテル名は、きちんと、警察に通知してありますが、こちらとしても、対策を話し合わなければなりません」

「裁判に、勝つ自信はありますか？」

「もちろんありますよ。二人の行動を、詐欺とは思っていませんから」

「興信所を経営している坪内正明さんと、お二人は、親しいということですが、それは本当ですか？　親しいとしたら、三人で、どんな仕事をされているのか、教えてください」

と、記者の質問が、続く。

それについても、弁護士が、答える。

「こちらの二人は実業家ですから、取引先の会社が信用できるかどうかについて、坪内さんに信用調査を依頼することがある。その時の、いわば客ということになります。そういう関係だと、考えてください」

（嘘だな）

と、十津川は、反射的に思った。

坪内が、ボスで、二人は、その坪内の下で働いてきた部下といったところだろうと、十津川は思っていた。

「三月二十六日に、坪内さんのクルーザーに乗って、神戸港から、下関港まで行ったというのは事実ですか？」

たのだ。

三人目の記者が、きく。

十津川の表情が、少し明るくなった。皆川と、笠井の二人が、生きていて、ニュース番組に現れたのは、ショックだったが、記者の質問で少し、救われた感じがしたのだ。

(問題は、三月二十六日夜のクルーザーなのだ)

と、十津川は、少し落ち着いて、自分にいい聞かせた。

その深夜のクルーザーで、何が起こったか、なのである。

十津川は坪内が、二人を口封じに殺して、夜の瀬戸内海に沈めたと思っていたのだが、二人は、なんと答えるだろうか?

「仕事の打ち合わせを、坪内さんのクルーザーの上でやることになって、私たちは、神戸港から乗りましたよ」

と、今度は、皆川が、自分で答えた。

「クルーザーで、パーティーを開いたという話も聞いているんですが、本当ですか?」

「本当です。船の持ち主の坪内さんが、瀬戸内海で、もっとも美しいところに、案内してくれたんです。下灘沖で、甲板で、パーティーを開いてくれました」

「下灘沖に、クルーザーを泊めて、明かりを点けて、パーティーを開いた？　そうですね？」

「そうです」

「そのあと、下関港に行き、それから、どうしたんですか？」

「私たちは、坪内さんと別れて、韓国の釜山に向かいました。関釜フェリーです。向こうに仕事がありましたのでね」

と、皆川が答える。

「告訴されたと知ったのは、いつですか？」

「こちらの弁護士さんから、知らされたのは、韓国に行ってからです。こうして、すぐ帰国しました」

と、今度は笠井由美が答えた。

ここで、テレビは、他のニュースに、替わった。

ニュースが終わったあと坪内をいったん留置場へ勾留した。

案の定、すぐ、三上刑事部長から、電話が入った。

「テレビを見たか？」

と、いきなり、きく。

「見ました」

「それだけか？」

「残念です」

「辞表を用意しておけよ」

とだけいって、三上は、電話を切ってしまった。

十津川は、三上刑事部長の言葉に、別に、驚かなかった。

皆川と笠井の二人が、生きているとわかった時、辞職を考えた。

ただ、その前に、今、捜査中の事件は片付けたかった。小菅信一郎という六十五歳の男性の死である。

今まで、十津川は、小菅が、殺された事件を追っていた。

愛媛県警との合同捜査である。

小菅信一郎の息子に会い、小菅が、高級カメラを二台も買って、旅行していたこと。ＪＲ四国、予讃線の下灘駅に、駅と海の写真を撮りに行っていたことが、わかってきた。

小菅は、間もなく、目が見えなくなることを知っていた。

下灘というのは無人駅だが、カメラでこのホームから、海の写真を撮ることが、多くの人にとっての、幸せだったことも、わかった。

そのために、下灘駅に来ていたのだが、ここで、三月二十六日の深夜、「海の宝石」のように美しかったクルーザーの写真を撮っていたことがわかった。

そのあと、三月三十日に、小菅は殺され、カメラが奪われた。となれば、小菅は、何かを撮ったために、殺されたと考えるのが、常識だろう。

この推理の先に、坪内というクルーザーの持ち主と、皆川と笠井の二人がいた。姿を消してしまった詐欺仲間のこの二人が、不始末をしでかしたとわかれば、坪内が彼らを殺したと推理するのが自然だろう。

深夜の下灘沖にクルーザーを泊め、甲板でパーティーを開き二人を油断させておいて、殺害し、重しをつけて、海に沈めた。ここまで、推理を進めたことに、間違いはないと、十津川は確信していた。

だが、見事に外れたのである。

「失敗した理由は、何だろう？」

と、十津川は、亀井に、いった。彼自身にもわからないのだ。

「最初から考えてみましょうよ」

と、亀井がいう。亀井も、十津川と同じ疑問にぶつかっていた。

「小菅信一郎が、何か、撮ってはいけないものを、カメラで撮ったから、殺されたという推理は間違っていないと思います」

と、亀井は、いう。

「その点は、同感なんだ。しかし、殺人以上のものなんかあるだろうか？」

十津川が、自問するように呟いた。

「三月二十六日の夜、坪内が、下灘沖にクルーザーを泊めて、パーティーを開いたのは、間違いないと思います。殺された小菅信一郎は『海の宝石』のように美しいからホームから、それをカメラに撮るといっているんですから」

「ただ単に、明かりを点けただけなら、『海の宝石』にはならない。満艦飾だから、宝石に見えたんだろうから」

「だから、坪内が、下灘沖に泊めたクルーザーの甲板で、パーティーを開いたことは、間違いないんです」

「しかし、皆川春彦と笠井由美を殺すためではなかった。殺人の他に、何があるんだ？」

「同じ殺人かもしれませんよ。殺す相手は別人だったのなら、それを写した小菅信一郎が殺されたとしても、おかしくはありません」

「確かに、カメさんのいう通りだが、今までに、名前があがってこなかった人間となると全く、最初から、捜査をやり直さなければならないよ」

と、十津川が渋面を作る。

亀井は考え込んでしまい、十津川も、黙って、考えていたが、

「三十引く二十六が、問題だな」

と、呟いた。

「何ですか？」

「前に、小菅信一郎の息子さんに、いわれたんだ。小菅信一郎が写真を撮ったのが、三月二十六日の深夜、殺されたのが三十日だから、その間に四日経っている。殺人を見られたにしては、犯人が小菅を殺害するまでの時間が中三日もあるのは、長すぎるというんだ。今になると、気になってきた」

「つまり、犯人が、なぜ、すぐには殺さなかったのか不思議だということでしょう？」

「そうだよ」

「犯人も、おかしいですが、被害者の小菅信一郎の動きも、おかしいですよ」

と、亀井がいう。

「どこがだ？」

「もし、小菅信一郎が殺人を写真に撮ったのなら、なぜ、すぐ一一〇番しなかったのかが、不思議議です。小菅というのは、普通の六十五歳の男の人ですから」

「なるほどね。カメさんのいうことが、当たっていれば、小菅信一郎が、カメラを向けたのは、殺人事件じゃなかったことになってくるね」

と、十津川がいうと、亀井は、笑って、

「三月二十六日の深夜のクルーザーで、本当は、何が行われたのか、知りたいものですね」

「問題は、小菅信一郎のカメラに、何が写っていたかだね。何しろ、本人は、殺されてしまったから、想像するより、仕方がないんだ」

と、十津川は、いった。

そんな刑事たちに、対抗するように、坪内は、三月二十六日の夜、クルーザーで行われたパーティーの写真を、中央新聞に発表した。

全部で五枚である。

しかも、全て、カラーだった。

クルーザーの甲板に円テーブルや、椅子を置き、数人の人間が、ビールを飲んだり、ワインを開けている。

男と女で、ダンスをしている写真もあった。よく見れば、皆川春彦と、笠井由美である。これが、三月二十六日の夜に、二人がクルーザーに乗っていたという証拠なのだろう。

坪内も、写っていた。椅子に腰を下ろして、ギターを弾いている。

甲板は、明るい。それに、賑やかに、明かりが輝いている。確かに、海の宝石に見えるだろう。

十津川は、すぐ、旧知の中央新聞の田島に電話した。十津川が、何かいう前に、

「例の五枚の写真のことだろう？　君から電話があるだろうと思っていた。どこかで会うか、それとも電話ですませるか？」

「中央新聞近くのカフェがいい」

と、十津川は、いった。

約束の時間を決めたあと、十津川は、「辞職願」を書き、それを、自分の机の引き出しに入れておいてから、捜査本部を出た。

中央新聞前のカフェには、田島が先に来ていた。

「あの写真だが、坪内正明の方から、持ち込んだのか？」

と、まず、十津川が、きいた。

「坪内じゃなく、円城寺という弁護士が、持ち込んできたんだ。坪内が、変な噂が出て困っている。それを払拭するために、三月二十六日の夜の写真を、載せてくれないかといって、あの写真を持ってきたんだ。どうしようか迷ったが、部長が、裁判になるかもしれないから、載せようということになってね」

「新聞に載った五枚だけだったのか？」

「いや、全部で十枚あったが、いわゆる甲板でのパーティーの写真は、あの五枚だけだったんだ」

「他の五枚も見たいが、返してしまったのか？」

「もちろん。使わないものは、返した」

「何とか、見たいね」

と、十津川が、しつこくいうと、田島は、ニヤッと笑って、

「そういうと思って、ひそかに、コピーを取っておいたよ。しかし、別に首をかしげるような写真じゃなかったがね」

と、そのコピーを、見せてくれた。

新聞に載った五枚が、いわば、パーティーそのものの写真なのに比べて、あとか

ら見せられた五枚は、その準備中の写真だった。二枚は、クルーが、甲板を掃除したり、飾りつけをしている。あとの三枚は、漁船が寄ってきて、パーティーで饗(きょう)される魚などを、売っている写真だった。

確かに、パーティー自体とは、直接関係のない写真かもしれない。それでも、

「この五枚を、しばらく、貸してくれないか」

と、十津川が、いった。

「それは、構わないが、向こうに黙って、コピーしたことは、忘れないでくれよ」

「わかっている。君の名前も、中央新聞の名前も出さないことは、約束するよ」

「それにしても、坪内正明と、クルーザー、それに、三月二十六日の夜が、どうして、問題になってるんだ？」

と、すかさず田島が、質問してくる。やはり、ただの友人ではなく、新聞記者でもあるのだ。

「一人の人間が、三月二十六日に下灘駅のホームから、沖に停泊してパーティーを始めた坪内のクルーザーを写真に撮ったために、殺されているんだ。私は、その写真のために、殺されたと信じているんだ」

「しかし、十枚の写真を、いくら見ても、そのために、人間一人が殺されるとは、

思えないんだがね」

と、田島は、いう。

「だが、殺されているんだ」

「その人間自体に、問題があったということはないのか?」

「小菅信一郎。六十五歳。平凡なサラリーマンだったが、不治の病に侵されていることに気付いた。視力が、どんどん衰えていき、そのうちに、見えなくなるという病気だ。彼は、目の見えるうちに、カメラで、日本でもっとも美しい景色を撮りたいと思った。そこで、選んだのが、下灘という無人駅から見る瀬戸内の海だった。二台も高級カメラを買い、海の写真を撮っていた。そんな男だから、彼自身に、恨まれるようなところがあったとは、考えられないんだ」

「最後に撮った写真が、三月二十六日の夜のクルーザーだというわけか?」

「そうだ。明かりを点けたクルーザーが、海の宝石のように見えるので、写真を撮るといっている。そのあと、殺されているんだ」

「クルーザーの持ち主、坪内正明との間に、何かあったということはないのか?」

「今まで調べた限りでは、二人の間には、何の関係もない」

「だから君は、坪内と関係のある二人の詐欺師のことを考えたのか?」

「最近、消息がつかめないから、三月二十六日の深夜、クルーザーの上で、殺され、海に沈められた。それを、たまたま、小菅信一郎が、カメラで写してしまったのではないかと考えた。が、二人の詐欺師は、生きていたんだ。完全な私のミスなんだよ」

「それで、大丈夫なのか？」

「何が？」

「なにかとうるさい刑事部長に、この件で何かいわれたらしいじゃないか」

「三上刑事部長にどうこういうつもりは無いよ。警察だって、同じサラリーマン社会だから、彼みたいに保身に走って、政治家を怖がる上司がいても、不思議はないと思っているからね」

2

捜査本部に戻ると、十津川は、借りてきた五枚の写真と、新聞に載った五枚を、並べて、亀井に見せた。

「小菅信一郎は、この十枚が示す景色を、全部撮ったか、その一部を撮ったんだと思う」

「しかし、こう見たところ、撮られたから、相手を殺すというほどの写真は、ありませんね。残念ながら」

「カメさんも、そう思うか？」

「思いますが、小菅信一郎が殺されたことも事実です」

「そこが、問題だな」

と、十津川も呟いて、しばらく、並べた十枚の写真を見ていたが、急に、それを、ポケットに入れると、

「これから、下灘に行ってくる」

と、亀井に、いった。

「私も行きましょうか？」

「いや。君は、残っていて、三上部長に聞かれたら、私が、気分が悪くなって早退したと答えておいてくれ」

「わかりました」

と、いう亀井の肯きを受けて、十津川は捜査本部を出て、羽田空港に向かった。

松山空港から下灘駅へ。

すでに、暗くなっていたが、十津川は、下灘周辺の漁村を訪ねていった。

漁師に会い、十枚の中の、漁船が写っている写真について、十津川は、質問をぶつけていった。

だいたいの漁師が、三月二十六日の夜のことを覚えていた。

毎年二回か三回、坪内は、下灘沖にクルーザーを泊め、パーティーを開く。その時エビや鯛などを持っていくと、市場の二倍の値で買ってもらえるので、よく、海産物を持っていったという。

「三月二十六日の夜も、朝に獲った鯛を持っていきました。例年どおり、高く買ってもらいましたよ」

「その時に、坪内さんと、いざこざが起きたということは、ありませんか？」

十津川がきくと、相手は、笑って、

「二倍も高く買ってもらえるんですよ。文句なんかある筈がないじゃありませんか」

十津川の期待した返事ではなかった。

そこで、すぐ、次の漁村に移ることにしたが、こちらでは、期待する答えを、きくことができた。

「刑事さんの他にも、同じような写真を見せて、質問をしに来た人がいますよ」

と、いうのだ。

「この人ですか?」

十津川は、用意してきた小菅信一郎の写真を見せた。

「そうです。この人ですよ」

「何をきいたんですか?」

「写真を見せて、何かおかしなことはありませんかと、きかれたんです」

「それで?」

「最初は、わかりませんでしたがね。しばらく見ているうちに気がつきました。うちの船を入れて、三隻、写っていたのかな。そのうちの一隻の船名がおかしかったんですよ。確か、ひらがなで『すみよし丸』という名前でしたがね。近くの漁村に、すみよし丸という船はありますけどね。船名は、ひらがなじゃなくて、『住吉丸』と、漢字なんです」

「たまたま、今年は、ひらがなにしたということはありませんか?」

「それは、ありません。変だなと思ったから、きいてみたんですよ。そうしたら、今年も、漢字の『住吉丸』だという返事でした」

「この近くの漁船じゃなくて、遠いところからやってきた船だったんじゃありませんか？」

「それは、ありません。だいたい沿岸漁船は操業海域が決まってますから、他の地方から来るなんて、まず考えられないですよ」

「それで、写真を見せた人は、納得して帰りましたか？」

「念のために、他の漁師さんにもきいてみるといって、帰っていきましたよ。私が、気がついたのは、三枚の中の一枚で、他にも、二枚、漁船の写真がありましたから」

と、相手は、いった。

十津川は、小菅信一郎を、真似て、他の漁村も、きいて回ることにした。

その結果、もう一隻、不審な漁船が、写真に写っていることがわかった。

「みすみ丸」

である。近くを操業中の漁船名は漢字の「三住丸」だったのだ。

この「みすみ丸」と、「すみよし丸」の二隻が下灘周辺の漁村では、船名がおかしいという。

十津川が、重視したのは、殺された小菅信一郎が、漁船のことを、きいて回っていたことだった。

しかも、自分の撮った写真を持って、それを見せながらだという。

こうなると、小菅信一郎は、三月二十六日の深夜、下灘駅のホームから、沖合いに泊まっている坪内のクルーザーをカメラに収めたが、甲板のパーティーよりも、近づいてきた漁船の方に、注目したことになってくる。そして、漁船のことを調べたのだ。

三月二十六日に写真を撮ったのに、三十日に殺されたから、その間四日。坪内がなぜ、小菅の口を封じようとしなかったのかが、謎だったのだが、その答えが見つかった気がした。

その間、小菅信一郎は、写真に写った漁船のことを、調べていたことになる。

坪内の方も、自分のクルーザーを写真に撮られても平気だったのだろう。だから、下灘の駅から、撮られたと知っても、すぐには、小菅信一郎を殺すことはなかったに違いない。

だが、小菅が、坪内のクルーザーに近づいた漁船のうちの二隻について、調べ始めたことで、坪内は、急に、彼の口を封じる必要に迫られ、慌てて、殺しに走ったのだ。

（何故、そんなことに、なったのか？　漁船のどこが問題だったのか？）

十津川は、当然の疑問に、ぶつかった。

考える。考え続けた。

ふと「クスリ」という言葉が、十津川の脳裏をかすめた。

クスリ↓覚醒剤。

坪内のクルーザーは、世界一周ができる。海外から、覚醒剤を密輸入して、日本に持ち込み、それを、瀬戸内海で、漁船に、移し換えていたのではないだろうか。

小菅信一郎を、魅了した「海の宝石」と一緒に、カメラに、その漁船も写ってしまったのだ。

（そうに違いない）

と、十津川は、呟いているうちに、それは確信になっていった。

第九章

愛の海が戦場になった（前編）

1

坪内の所有するクルーザー「SAKURAⅡ世号」は、十津川の疑念を嘲笑するように、再び出航していった。

東京港から出航したのは七月中旬になってからである。

行き先は、韓国の釜山と、中国の香港になっている。

しかし、十津川には、それを阻止することのできない苦い理由があった。三月二十六日の下灘沖での船上パーティーについてである。

最初、その船上パーティーにまぎれて、坪内が、皆川春彦と、笠井由美の二人を殺して、海に沈めたに違いないと推理したのだが、見事に外れてしまった。

そこで、あの夜の船上パーティーは、海外からクルーザーを使って、クスリを密輸入し、それを、漁船に、積み替えたのだと、考え直したのだが、これも、証拠のあることではない。

ただ単に、十津川が、頭の中で考えたことである。これでは、もちろん坪内を逮捕することもできないし、出航するクルーザーを止めることすらもできなかった。

三月二十六日の少し前に、坪内のクルーザーは、韓国から帰ってきていた。今回も、行き先は、韓国の釜山と、香港になっている。

何か、坪内に、からかわれているような気がしたが、これも、指をくわえて、見送るより仕方がないのである。

十津川は、厚生労働省の麻薬取締り担当の部署に、三月二十七日から、今日までのクスリの動きを調べてもらった。

三月二十六日に、クルーザーで、韓国から運んできたクスリを、漁船を使って、荷揚げさせたとすれば、少なくとも関西地区で、クスリの動きがあったのではないかと、十津川は、思ったのだ。

しかし、答えは、十津川を失望させた。関西地区でクスリの量も、価格も、動きが全くないというのである。

十津川は、念のために、範囲を日本全国と、東京、横浜に区切って、調べてもらったが、結果は同じだった。

「クスリは、おかしないい方ですが、量も値段も安定しています」

それが、担当者の答えだった。

「今のところ、連戦連敗だな」

と、十津川は、苦笑したが、内心、さほど参ってはいなかった。

下灘を舞台に、人が死んでいることは、間違いないからである。

しかも、殺されたのだ。とすれば、犯人がいるはずだし、殺す動機もあるはずだからである。

一方、東京港を出航したクルーザー「SAKURAⅡ世号」は、三日間を韓国で過ごしたあと、香港へ向かった。

香港で六日間を過ごしたあと、七月三十一日に、帰国する予定であるとも、わかった。

(帰国は、七月三十一日か)

この日に、何かあるのだろうか？

「カメさん、もう一度、下灘に行ってみよう」

と、十津川は、亀井を、誘った。

2

夕刻、二人は、下灘に着いた。

珍しく、人の気配がない。

無人のホームのベンチに、並んで腰を下ろし、眼前に広がる伊予灘に目をやった。

「愛ある伊予灘」と呼ばれる海が、少しずつ、暗くなっていく。その一方で夕陽で、海が赤く染まる。

「不思議なものだな」

と、十津川がいった。

「小さな、この無人駅に、伊予灘の夕陽を見ようとして、人が集まってくる。私なんかは、今回の事件が無ければ、一生、この駅を知らなかったろうし、夕陽の美しさも知らなかったと思うよ」

「私は、知ってました。といっても、鉄道マニアの息子が、教えてくれたんですが。この駅の写真を撮ってきてくれと、頼まれました」

と、いって、亀井は、父親らしく、微笑した。

夕陽で、赤く染まった海と空も、次第に暗くなっていく。

十八時三十七分下灘着の下りの列車が、到着した。

男が一人、降りた。

ジーパン姿の若い男である。

ホームにいた十津川たちに軽く会釈してから、駅舎の中に、大きなポスターを貼り始めた。

「愛の伊予灘コンサート　7月31日開催」

と書かれたポスターである。

この下灘駅のホームで人々が、楽器を持って、歌っている写真が使われている。

「どんなコンサートなんですか？」

と、十津川がきいた。

ポスターを貼っていた男は、

「伊予市が、五年前から始めたコンサートです。この下灘駅が有名になったので、それなら、美しい伊予灘を見ながら、コンサートを開こうじゃないかと始められました。プロもアマチュアも参加自由です。大変な人気になったので、毎年行われるようになりました」

「このホームが舞台になるわけですね」

「そうです」

「座席は、どうするんですか？」

「向こうに、空地があるでしょう。あそこに、椅子を並べて、座席にします」

「料金は、どうなるんですか？」

「それは、伊予市が援助しているので、無料です」

と、男はいい、上りの列車が来ると、それに乗っていってしまった。

十津川たちは、男が貼っていったポスターを見た。

駅のホームで、五、六人の男女が、マイクを持って、歌っている。

その前に、集まって聞いている人々。とにかくぎっしり満員である。

ホームにはライトも取りつけられているから、コンサートは、夜になっても続くのだろう。

ポスターの写真には人があふれているのだが、よく見ると、上半分は、伊予灘の海なのだ。

（何をやっても、海が主役か）

と、十津川は、思った。

「坪内のクルーザーが、戻ってくるのは、七月三十一日でしたね。先日も、夜の下灘沖で、船上パーティーを開いてます。今度もコンサートのことを知っていて、それに便乗して、何かやるかもしれません」

と、亀井がいう。

「てっきり、クスリの密輸入をするために、下灘沖の海を利用したんだと思っていたが、間違っていた」

「私も、坪内は、クルーザーを使って韓国か香港から、クスリを密輸入したんだと思いました。下灘沖で、クスリは漁船に移してしまう。そういう狙いなんです。今も、他に考えようがないと、思っているんですが」

「しかし、関西と関東のクスリの状態を調べたが、全く動きがない。外部から、クスリの入ってきた証拠がないんだ。もし、クスリが、あの時に密輸入されていれば、必ず動きがあると、当局もいっている。よって、あの時、ニセの漁船に移したものはクスリではないと、受け取らざるを得ないのだよ」

「もし、クスリと違うものを密輸入したのだとしたら、いったい何でしょうか？」

「わからないが、われわれは、最初、クルーザーの甲板で、殺人と、死体遺棄があったのではないかと考えていたのだが、見事に外れてしまった。坪内は、何をやったかわからないが、成功したわけだから、今回も、同じことをやりそうだ。こちらとしては、予断を持たずに、取り組むべきと考えている」

と、十津川は、いった。

二人は、七月三十一日まで、下灘にいるつもりだった。

坪内のクルーザーは、七月三十一日に神戸入港としかわからないが、十津川の予想どおりならクルーザー「ＳＡＫＵＲＡⅡ世号」は、瀬戸内海に入り、下灘沖で一休みしてから、神戸港に入るはずである。

下灘駅で、コンサートが開かれることを知っていて、神戸港到着を、七月三十一日にしたたに違いなかった。

まっすぐ、神戸港に入らず、下灘沖に停泊する理由が作れるからだ。

確信を持った以上、十津川は、三十一日まで下灘から動く気にならなかった。犯罪は、クルーザーだけで起こるわけではなかったからだ。クルーザーが、下灘沖に停泊するのに応（こた）えて、日本本土に待ち構えて動く、共犯者がいるはずである。

七月三十一日まで、その勢力の動きも、チェックしておく必要があるのだ。

しかし、下灘駅周辺には旅館もホテルもない。レンタカーを借りて、車の中に泊まり込むのでは、窮屈だ。

そこで、下灘駅から、歩いて、七、八分の空き家を、借り切ることにした。

七月三十一日までの賃貸料を、上司の三上刑事部長が、珍しく、太っ腹なところを見せて、会計に掛け合ってくれたのだ。

十津川は、すぐ、東京から部下の刑事四人を呼び寄せた。

また、足として、レンタカーを一台借りて、空き家の庭に置くことにした。

下灘駅の方は、三十一日のコンサートに備えて、ライトや、観客席用の椅子が、運ばれてきた。

中には、ホームにテントを張って泊まり込み、海に向かって歌の練習を始めたりする、出演予定の若者もいた。

そんな中で、被害者の息子である小菅明も、若い女性と一緒にやってきた。

若い女性は、平川彩乃だった。

彼女は、小菅には直接、彼と一緒にいる理由をいわなかったが、刑事である十津川の質問には正直に答えた。

ホームの端で、下灘沖に沈む夕陽を見ながら、小菅を交えて話している最中に、彼女がもらしたのだ。

「兄が、アマチュアのカメラマンでした」

と彩乃が、いった。

「私も、兄の影響で、中学時代から、カメラを持って旅行をしてました。兄の腕は、かなりのもので、時々、雑誌社から、写真入りの旅行記なんか頼まれていました。兄は、特に、鉄道のファンだったから、鉄道旅行とか、豪華列車の写真を撮ることが多かったんです」

「じゃ、下灘駅にも、来ていたんでしょうね？」

と、十津川が、きく。

「ええ。何回も写真を撮りに来ていたはずです」

「それなら今、お兄さんは、雑誌の仕事をやってるの？」

「やってたはずなのに、死にました」

あまりにも、あっさりいうので、十津川は、どう応えていいか戸惑ってしまった。

「まさか、この下灘駅で、亡くなったんじゃないでしょうね？」

「違います」

といわれて、十津川は、何となく、ほっとした。

「でも、この近くなんです」

「近くって？」

「この下灘沖に、青島という小さな島があるんです」

「聞いたような名前だな。テレビで見たんだったかな」

十津川がいうと、小菅が、

「確かテレビで紹介されました。猫が人口より多い島です」

「人口が十何人かで、猫の数が百匹以上、テレビで、猫の天国と放映されました」

と彩乃が、いう。

「その猫の島を取材に行っていて、死んだんですか？」

「島に港があって、この三つ先の伊予長浜駅近くの港から、一日二便の連絡船が出ているんです。兄は、島の港の近くの海で、溺死体で発見されたんです。司法解剖で、胃に、アルコールが見つかったので、酔って海に落ちたんだろうということでした」

「信じられないという顔ですね？」

「ええ」

「どうして、です？」

「兄は、猫が、嫌いなんです」

「しかし、取材を頼まれて、青島へ行ったのかもしれませんよ」

と、十津川がいう。

「それは、ありません」

「どうしてですか？」

「同じ時期に、この下灘駅の取材を頼まれていましたから」

「どんな取材ですか？」

「今から二年前だったんですが七月三十一日に、下灘駅で、コンサートが開かれるので、それを取材してきてくれといわれていたんです。ある雑誌の依頼で、そこの編集者が頼みに来た時、私も傍にいて、聞いていましたから間違いありません」

彩乃の言葉で、十津川の表情が、緊張した。

「間違いなく、七月三十一日のコンサートですか？」

「ええ。私も、そのコンサートを聞きに行きたかったんですけど、用事があって」

「この下灘の沖で、何があったんですかね？」

小菅が、口を挟む。

「最初は、それほど、疑わなかったんです。青島は下灘の沖ですし、兄は、下灘駅のコンサートを取材に来た。その時、何かケンカでもして、沖合いに沈められてしまった。そのあと潮流で、兄の身体(からだ)は、青島の港まで流されてしまったのではないかと、自分を納得させようとしていたんです」

「それでも、やはり、納得できなかった？」

「ええ」

「疑問が、決定的になったのは、いつですか？」

「今年になってから、私は、時々下灘に来ていたんです。私も、個人的に、この駅が、好きだったし、死んだ兄が、この駅の取材を頼まれていたからです。その時に、小菅信一郎さんと、会ったんです。小菅さんが、この下灘駅の写真を撮りに来ていて、行方不明になり、そのうちに、遺体が、東京の自宅マンションで発見された。兄のケースと、よく似ていると思いました。それで息子の小菅明さんと一緒に、信一郎さんのことを調べようとしたんです。兄の本当のことを、調べたかったんです。今も同じです」

と、彩乃が、いった。

「それでは、今は、お兄さんは、何者かに殺されたと思っているんですね？」

「ええ。それも、小菅さんのお父さんを殺した犯人に殺されたような気がしています」

と、彩乃は、いった。

「二年前の時は、七月三十一日で、下灘でコンサートをやっていたんでしたね？」

十津川は、慎重に、重ねて、質問した。

「ええ。今では、あの日、兄はこの駅で行われていたコンサートの取材にきっと来ていたんだと思っています」

「翌年も、七月三十一日に、下灘でコンサートがあったんですかね？」

「ありました。私も、翌年のコンサートは、聞きに来ましたから」

「それは、お兄さんの死の真相を知りたくてですね？」

「ええ」

「それで、何かわかりましたか？」

「いえ。何もわかりませんでした」

「この下灘沖には、クルーザーが泊まっていたんじゃありませんか？」

「何という船かわかりませんが、沖合いに、一隻のクルーザーが、明かりをつけて、泊まっていたのは、見ています」

「そのクルーザーが怪しいとは、思いませんでしたか？」

「この駅でやるコンサートを聞きに来ているんだと思っただけです」

と彩乃は、いった。

その時に、下灘沖にそのコンサートを見物する形で、クルーザー「SAKURAⅡ世号」が来ていてもおかしくない。

ただ、今年は、三月二十六日にも、下灘沖に、クルーザー「SAKURAⅡ世号」が来ていた。

韓国から帰国し、下灘沖で、船上パーティーを、開いている。

クスリの密輸入という線は崩れたが、例年以上に、何かの密輸入の量が増えたので、それまでは年に一回、七月三十一日に下灘沖で、取り引きをしていたのが、今年は、二回になったということではないか、と十津川は考えた。

十津川は、東京に連絡し、クルーザー「ＳＡＫＵＲＡⅡ世号」の航海記録を調べてもらった。

日本近海を航行している時は、日時も、まばらである。寄港地も、一定していない。

しかし、一年に一回、海外に出ていた。

行き先は主として、東アジア。出港・帰港は、東京か神戸。

そして、必ず、七月三十一日に帰港になっていた。

それが、今年は、三月と七月の二回になっていた。

「今年の七月三十一日を、最後の帰港にしてやりたい」

と、十津川は、部下の刑事にいった。

その一方、コンサートの準備の方は、着々と進んでいく。

もちろん、十津川は、コンサートのスタッフに、事件のことは、一言も話さなかった。

話してあるのは、小菅と、平川彩乃の二人だけである。

コンサートへの参加は、プロ・アマを問わず抽選で出演者が決まる。

後援は、ＪＲ四国と伊予市である。

地元の警察や、県警には、もちろん、事件のことは話してあるが、坪内たちが用心して、下灘に近づかないとも考えられるので、とにかく、目立たない警備を要請した。

三月二十六日の場合は、事件が起きているとはわからず、あとになってから、クルーザー「ＳＡＫＵＲＡⅡ世号」に接触した漁船の中に実在しない名前の漁船も混じっていたことが判明したが、全て後の祭りで何処に消えたか、はっきりした答えは、出ていない。

今回も、坪内たちが、同じ行動を取るかどうかは、わからない。

わかっているのは、五百トンのクルーザーで、やってくることだけである。

三月二十六日には、海外から、密輸入品を、クルーザーで、運んできた坪内たちが下灘沖で、漁船に積み替えたということである。

従って、下灘周辺の海上の警備も、必要になってくる。

そこで、瀬戸内海の治安確保を任務とする小型の巡視船二隻に、コンサートが始まり、坪内のクルーザーが現れた時点で九州から大阪に至る瀬戸内海を重点監視してくれるように依頼した。


七月三十一日。

朝から、気温があがり、夏の空気になった。

コンサートは、午前十時から、午後八時まで。

伊予灘の夕陽を、ゆっくり観賞できるようになっている。

この日の予讃線、特に愛ある伊予灘線経由の方はいつもの一両編成とは違って、今日は、二両編成、その上、いずれも満員である。

下灘駅で、どっと降りる。

観客は、男女、大人と子供、それに、服装も、いろいろである。帽子をかぶっている者もいれば、下駄ばきもいる。共通しているのは、スマホである。

出演者の方は、いずれも、真新しい衣装である。

背中に、「愛の伊予灘コンサート」と大きく描いたTシャツの三人組もいる。

いずれも、列車から降りると、ホームに散らばって、練習を始めた。その中には、十津川も知っている有名なギタリストもいた。

十津川は、海上にも、監視の目を張りたくて、近くの長浜港から、三田村と、北条早苗刑事の二人を、下灘沖の青島に、派遣していた。猫の島である。

陸地の下灘からより、早く、クルーザー「ＳＡＫＵＲＡⅡ世号」を、発見できると思ったからだった。

有志が、観客席を作るために、駅前の広場に用意したベンチは、たちまち、やってきた観客で一杯になった。

小菅と平川彩乃は、その中にいる。

十津川たちは、少し離れて、下灘駅が、斜めに見える場所にいた。

司会者が、愛の伊予灘コンサートの歴史を説明してから、スタートを宣言した。

最初は昔なつかしいグループサウンズの歴史が、五人組の演奏で、蘇（よみがえ）ってくる。

列車が来ても、コンサートは、中止されない。

坪内のクルーザーは、なかなか、現れなかった。

多分、下灘周辺に、夕陽が、輝くようになってから、現れるつもりなのだろう。

四国テレビの中継車が、やってきて、午後から放送を始めた。予定はなかったのだが、ぜひ、コンサートを中継してくれという、視聴者の声があって、急遽（きゅうきょ）、放送に踏み切ったのだという。

十津川は、捜査に気持ちを割きながら、コンサートの熱気を、楽しんでもいた。

普段のコンサートにはない、開放された熱気とでもいうのか。それは、頭上と目の前に広がる空と海のせいだろう。

時間が、経っていく。

午後五時になると、四国テレビの中継車は、中継を終えて、帰ってしまった。

少しずつ、陽が傾いていく。

十津川が、気を引き締め直した時、青島にいる二人の刑事から、連絡が入った。

「今、クルーザー『ＳＡＫＵＲＡⅡ世号』が、見えました。双眼鏡で確認。あと、十五、六分で、下灘沖に到着するはずです」

と、いう。

亀井が、十津川を見た。

「クルーザーが見えたと、小菅さんたちに知らせますか？」

「いや。止めとこう。どうせ、あと、十数分で、目に入ってくるんだ。あまり、二人を緊張させたくない」

と、十津川は、いった。

しかし、なぜか、十五、六分経っても、「ＳＡＫＵＲＡⅡ世号」は、姿を見せなかった。

その間も、ゆっくりと、太陽が沈んでいく。

「連中は、暗くなるのを待っているんだと思いますよ」

と、亀井が、いった。

亀井の予想どおり、周囲が暗くなり、ホームに持ち込んだライトが、明かりを点けた時を狙ったかのように、クルーザー「ＳＡＫＵＲＡⅡ世号」が現れた。

下灘沖に、錨を下ろすと、いきなり、陸地からよく見えるように花火を打ち上げた。それも、一発や二発ではない。立て続けに数十発である。

こちらでは、司会者が、マイクに向かって、声をあげた。

「今、沖合いに錨を入れた『ＳＡＫＵＲＡⅡ世号』の船長（キャプテン）から前もって、愛の伊予灘コンサートへの祝電と、高級ワインをプレゼントされています。観客の皆さんにも、飲んでもらえるだけの量を頂いています」

ジャズの演奏は、続いている。その間に、実行委員たちが観客に、ワインを配っていく。

少し離れた場所にいる十津川たちにも、ワインが配られた。

船の甲板には、明かりが点き、何人かのクルーが、椅子に腰を下ろして、こちらの舞台に向かって、拍手を送ってくる。

「いよいよ、始まるぞ」

と、十津川がいった。

暗い海の中で、明かりを点けたクルーザーは、やたらに目立つ。

殺された小菅信一郎が、「海の宝石」といった言葉どおりである。

その「SAKURAⅡ世号」に、漁船が寄ってくる。

下灘駅のホームで行われているコンサートと、クルーザーの甲板の明るい景色で、誰も漁船の動きには、注意を払わない。

しかし、漁船は、クルーザー「SAKURAⅡ世号」から、何かを積み込んで離れていくのだ。

漁船が離れていくのは、関西方面であろう。

十津川はすぐ瀬戸内海を管轄している海上保安庁に電話をかけた。まず、漁船の特徴を伝えてから、

「今、問題のクルーザーから、何かを積み込んで、全速で東へ向かいました。その漁船を押さえて、積み込んだものを、調べてください」

と、いった。

（これで、事件は解決するのか？）

第十章

愛の海が戦場になった（後編）

1

神戸港にある海上保安部から、その日のうちに、電話連絡があった。

「海上で、四隻の漁船を臨検しましたが、いずれも、問題がないので、帰しました」

というのである。

「何を積んでいたんですか？」

十津川が、きいた。十津川には、下灘沖で、犯罪行為があったという確信があった。だから、

「板つきのかまぼこです」

と、いう返事に、戸惑った。

「何ですか？　それは——」

「だから、かまぼこですよ」

「詳しく話してください」

「現在、韓国では、水産業が、不振で困っている。特に、水産加工業が。それで、

釜山の会社が、今回、日本の板つきかまぼこに似たものを作って、それを、日本に輸出しようと考えている。ちょうど、韓国に行っていた坪内さんがその話を聞いて、釜山に寄って、見本として、日本に持ち帰って、反応を見てあげようと、いってくれた。それで、約束通り、釜山に寄ってくれて、冷凍した板つきかまぼこ五十トンを積み込み、日本に運んでくれることになったというのです」

「坪内さんのクルーザーで、日本へ運んできたと、いうことですか？」

「そうです」

「しかし、それを、どうして下灘沖で漁船に積み替えたんですか？」

「坪内さんのクルーザーで、運んできたんですが、すぐ、必要な場所に運びたい。坪内さんは、神戸で帰国の手続きが必要だから、時間がかかる。それで、顔見知りの業者のところに、五十トンのうちの二十トンを持っていってもらい、三十トンは、神戸に持っていき、検疫を受けることにしたというのです」

「しかし、それは、法律違反でしょう？」

「二十トンの行き先は、きちんと、税関に、坪内さんが、申告しているので、許可していただきたいといっています」

「とにかく、その板つきのかまぼこを見たい。そこにサンプルがあるんでしょう？」

「五個だけ、渡されたので、ここにあります」

「すぐ、拝見しに行きます」

と、十津川は、いった。

向こうは、安心しきっているようだが、十津川の方は、いらだっていた。

急遽、亀井を連れて、十津川は、神戸に向かった。

神戸駅からは、タクシーで、海上保安部に向かった。

電話で話した相手は、岡村（おかむら）という名前だった。その岡村は、海上保安部の玄関で、待っていてくれた。

案内してくれた部屋の冷蔵庫から、問題の板つきかまぼこを取り出して、五本を、テーブルの上に並べた。

「日本のものよりサイズが少し小さいのと、かまぼこの色が少し違います。日本製は、原料の白身魚の白色になります。こちらは、少しばかり茶色ですが、味は、なかなかですよ」

岡村が、皿を二つ出して、切ったかまぼこをのせてくれた。

十津川と亀井が、それをつまんで、口に運んだ。

味も、やわらかさも、上々である。

「これを、五十トンですか？」

「そうです。そのうちの三十トンは、神戸税関で、検査してもらうし、残りの二十トンも、扱う業者の冷凍庫に、二日間、保管しておくので、神戸税関が調べたければ、喜んでそれを受け入れると、いっています」

と、岡村が、いう。

「クルーザー『ＳＡＫＵＲＡⅡ世号』が、神戸に入港するのは、何時ですか？」

「当初予定より遅れて明日の午前九時と、申告してきているそうです」

「わかりました」

翌日、十津川は、その時刻に、神戸港に出かけた。

第三突堤のたもとに、神戸税関の事務所があり、船舶は、ここで、入国手続きを取ることになる。

午前九時ちょうどに、坪内所有の「ＳＡＫＵＲＡⅡ世号」が入ってきた。

五百トンのクルーザーである。目の前で見ると、個人所有の船としては、大きい方だろう。

手続きが終わり、船内を調べるというので、十津川と亀井も、同行させてもらうことにした。

まず、積荷のリストを調べ、船底の荷物室に、下りていった。

ずらりと、冷凍庫が並んでいる。

税関の検査官が、一つ一つ、冷凍庫を開けさせ、中から、韓国製の板つきかまぼこを取り出して、調べていく。

全てを調べるのには、時間がかかる。

一時間三十分かかって、全部の板つきかまぼこの検査が終了したが、異常なしだった。

「問題は、二十トンが、こちらを通らず、業者の方に渡ってしまったことです」

と、十津川が、いうと、職員の一人が、

「直接、物を渡してしまった先は、わかっていますので、これから、引き取りに行くことになっています」

と、いった。

「できれば、私たちも、見てみたいので、同行を許可してください」

と、十津川は、頼んで、同行させてもらうことになった。

行き先は、神戸と大阪の間であり、多量の物品を、冷凍しておける施設があるという。

十津川は、海上保安部の職員の案内で、そこに向かった。亀井も一緒である。

瀬戸内海の山陽側にあり、海岸に設けられた桟橋の傍に、巨大な倉庫が、あった。

その倉庫で働いている二人の社員が、十津川たちを迎えた。

半分近くが、冷凍庫になっていて、問題の板つきかまぼこは、そこに保管されていた。

「ここには、二十トンのうちの五トンが、保管されています。神戸税関から要請がありましたので、冷凍船を手当てし、他の十五トンと一緒に、神戸に運び、税関に、調べていただくことにしています」

と、社員が説明する。

「他の十五トンが、保管されているのも、ここと同じ、冷凍庫ですか？」

「同じ、会社の貸し倉庫であり、冷凍庫です」

と、答え、続けた。

「韓国側が、一刻も早く、これが、商売になるかどうか知りたいといい、坪内さんの興信所が調べアドバイスすることになっているので、こんなことになって、坪内さんは申し訳ないと、神戸の税関前で、謝罪されたそうです」

坪内のクルーザーは、今も、神戸港に接岸したままだという。

その間も、同行した職員は、山積みになっている板つきかまぼこを、一つ一つ、手に取って、見ている。

「不審な点は、全くありません」

と、いう。

一時間ほどして、冷凍船がやってきた。他の二か所の倉庫から、十五トンの、板つきかまぼこを積み込んできたといい、ここで、残りの五トンを積み込んで、神戸に向かうのである。

十津川は、その冷凍船に、乗せてもらうことにした。

神戸港に係留されているクルーザーを見て、坪内に会って、いろいろと、聞きたいことが、あったからである。

五トンの板つきかまぼこを積み終わった冷凍船が、神戸港に向かって、出発した。

十津川と、亀井も、同乗する。

近づいてくる神戸港を見ながら、亀井がいう。

「いったい、何があったんですかね？」

「坪内が、釜山で、板つきかまぼこ五十トンをクルーザーに積み込み、日本に運んだ。三十トンは、神戸に運び税関に申告したが、残りの二十トンは、勝手に、漁船を使って、貸し倉庫に運び込んだ。一刻も早く、日本で売れるかどうか知りたいからといっているらしいが」

「しかし、今のところ、不審なことは、何もやっていませんね。問題の二十トンも、こうして、神戸税関で調べてもらうために、運んでいますから」

「坪内が、何もしないために、五十トンものかまぼこを運んできたとは、とても思えないんだよ」

「しかし、今のところ、法に触れることは、何もしていませんよ。それに、税関に引き渡すのなら、なぜ、二十トンだけ分けて運ぼうとしたのかわからないのです」

「だから、何か企んでるんだよ」

と、十津川は、いった。

冷凍船が、税関のある第三突堤につくと、待っていた税関の職員五人が、乗り込んできて、すぐ、板つきかまぼこを調べ始めた。

十津川と、亀井は、船から降りると、クルーザー「ＳＡＫＵＲＡⅡ世号」が係留されている別の埠頭（ふとう）に向かった。

船は、すぐわかった。

「ＳＡＫＵＲＡⅡ世号」は、個人所有のクルーザーとしては、大きい。それでも、近くに泊まっている五万トンクラスの豪華客船に比べれば、小さく、可愛らしく見える。

十津川は、坪内が会うのを拒否するかと思ったが、意外に、あっさり、クルーザーの船長室に迎え入れられた。

十津川が、今日の件についてきくと、

「とにかく、私の不手際なので、平身低頭です。いくらでも謝って、勘弁していただこうと思っています」

坪内は、生まじめな表情で、いう。

一見、謝罪しているようだが、十津川には、

(自信満々だな)

としか見えなかった。

「韓国で、日本向けに作られた板つきのかまぼこを見せられて、一肌脱ごうと思われたのがきっかけだと聞きましたが」

「私は韓国の人たちが、大好きでね。一年に一回は、行くんですよ。今回も、釜山に行き、食事をしていたら、旧知の李さんという水産加工の会社をやっている人が、話しかけてきたんです」

「板つきのかまぼこのことで、ですね？」

「そうです。それを、日本に輸出したい。日本人が、好きになるかどうか知りたいというのです。試しに、食べさせてもらったら、美味しいんですよ。幸い船があるので、日本に持っていって、業者に当たってみますと、約束してしまいましてね」

「五十トン分を引き受けた？」

「そうです」

「そのうちの三十トンを、正規のルートにして残りの二十トンは、どうして、別にしたんですか？」

「李さんから、どうなりましたと、三十分きざみぐらいに、電話があるんですよ。神戸税関の調べを待っていたら、李さんは気がおかしくなるんじゃないかと、心配になって、つい、こんな非常手段を取ってしまったんです」

「李さんは、日本語が話せますか？」

「ずっと、日本の業者と取り引きをしていたので、日本語は上手いですよ」

と、坪内は、向こうの電話番号を教えてくれた。

亀井が、船長室を出ていった。
五、六分して戻ってくると、黙って、手帳に書いた文字を十津川に見せた。

〈李——実在。かまぼこ——依頼した〉

十津川は、小さく肯いた。が、信じたわけではなかった。何しろ、相手は、殺人容疑もある坪内である。

坪内は、「つい、頼まれたことが、心配になって、焦ってしまった」と、いっている。

もし、全てが、仕組まれているとしたら、坪内たちが、手に入れようとしたものは、いったい、何なのだろうか？

「やっぱり、クスリじゃありませんか？」

と、亀井がいう。

「韓国から、クスリの密輸入か？」

「そうです。かまぼこに、練り込んで、坪内のクルーザーで運んできたんだと思いますよ」

「しかし、五十トンのうち三十トンは、そのまま、神戸に運んで、税関の検査を受けている」

「ですから、五十トンのうちの二十トンにだけ、かまぼこに、クスリを、練り込んでおいたんだと思います。前もって、三つの倉庫の冷凍室に、普通のかまぼこを用意しておき、板に、つけかえたんですよ。その作業のために時間が必要なので、漁船で、二十トン分を、倉庫に運んだんだと思います」

「時間かせぎか？」

「そうです。二十トンも、神戸税関に運ぶことになりましたが、全て、つけかえをすませたものだと思いますね」

「すぐ、あの倉庫に戻ろう」

と、十津川が、いった。

「もう、クスリは、他に移されていますよ」

「それでもいいんだ」

十津川は、刑事たちにも招集をかけ、全員を、倉庫の前に集めた。

倉庫内の巨大な冷凍庫は、まだ、空になっていたが、社員が、いった。

「明日、アメリカから冷凍牛肉が入ってきて、一杯になります」

「ここには、五トンの板つきかまぼこが、一時的に運ばれてきた？」

「そうです」

「それを不良品が無いかなどの検査を、皆さんが、やられたんですか？」

亀井がきくと、相手は、笑って、

「われわれに、かまぼこの良し悪しはわかりませんよ。検査は、この倉庫を二日間借りたグループが、やっていました」

「その間、みなさんが立ち会わなかったんですか？」

「倉庫のカギを渡す時と、戻してもらう時にはもちろん、立ち会いましたが、その他には立ち会ってはいません」

ここで、何か、犯罪的なことが行われたのだ。

「三時間この倉庫を調べさせてください。冷凍庫の方は、スイッチを切って、通常の温度にしたいのですが、構いませんか？」

「アメリカの冷凍牛肉が運ばれてくるのは明日ですから構いません」

と、いってくれた。

十津川は刑事たちにいった。

「犯人たちは、ここで、クスリを練り込んだかまぼこと、普通のかまぼこを取り替えたと思われる。大量だから、痕跡が残っている可能性があるので、それを見つけてほしい」

十津川の言葉で、捜査が始まったが、なかなか見つからない。

日下刑事が、いった。

「板ごと、すりかえたのかもしれません。その方が簡単です。そうなると、板から剝がす必要がありませんから破片は見つからないかもしれません」

それに続いて北条早苗刑事がいった。

「ずっと、不思議だったんですが、かまぼこにクスリを練り込んで密輸を図ったのなら、なぜ、板つきにしたんでしょうか？　面倒臭いだけじゃありませんか。板つきでないかまぼこや、ちくわだっていいわけです。その方が大量に運べるし、簡単にすりかえられると思うのですが」

更に三田村刑事が、口を挟んだ。

「かまぼこの部分に、クスリを練り込んだというんでしょう？　それも、おかしい気がするんです。かまぼこになってから、クスリを練り込むのは難しい気がするし、そうかといって、魚肉を潰している時に、クスリを練り込むとそのあと、加熱処理しますから、クスリが、変質してしまうんじゃありませんか？」

「ちょっと、手を止めてくれ」

と、十津川は刑事たちに、いった。

自分の周囲に集めると、

「どうやら、考え違いをしていたらしい」

と、十津川はいった。

「板つきのかまぼこというので、大事なのは、かまぼこの方だと決めつけてしまった。確かに通常なら、板は添えものだ。だが今回は、その板が、主役なんだ。板を密輸入するために、板つきかまぼこが、使われたんだ」

「しかし、あの板は小さくて何かに使える代物じゃありませんよ。机一つ作るんだって何十枚も必要です」

「金だよ！」

思わず、十津川は、大声を出した。

「金の延べ板だよ」

「金――ですか？」

「金なら、加工が簡単だ。だから、板つきかまぼこの板にして、密輸入したんだよ」

そのあと、十津川は、新しい指示を与えた。

「改めて、探してほしい。探し物は、金の破片とニカワ入りの絵の具だ。金の延べ板は、木板に見えるよう、塗っていたはずだから、その破片だ」

もう一度、刑事たちは、倉庫の中を、探し始めた。

十津川は、見つかると確信していた。相手は、今のところ、上手くいったと喜んでいるはずだからだ。それに、金の延べ板から、かまぼこを剝がして、本物の板と接着させるのに、時間がかかったと思うからである。急いで、乱暴にやったとすれば、破片が、落ちているはずなのだ。

2

十津川の予想は、的中した。

ニカワと、木片の混ざったものが、見つかったのだ。金の破片も、見つかった。かまぼこの切れ端も、発見された。それには、乾いた接着剤が、くっついていた。それも、二種類の接着剤である。

つまり、本物の木の板を、持ってきて、まず、金の板からかまぼこを剝がし、次に、そのかまぼこを、木の板に、貼りつけたのだ。

もう一つ、十津川が、刑事たちに、命令したのは、倉庫の中についている指紋の採取だった。

他の二つの倉庫についても、同じことを、頼んだ。そちらは、地元の県警に、依頼した。

指紋の採取が、終わると、それを、ある人間の指紋と照合した。

三時間後に、その二人、皆川春彦、笠井由美の指紋と一致するという回答があった。

十津川が、そうした作業をしている間に、坪内たちは、東京に帰ってしまった。

十津川も、それを追うように、帰京したが、その足で、築地にある坪内の興信所を、訪ねていった。

坪内は、明らかに、渋い顔で、十津川を迎えた。

「お話しすることは、もうありませんよ」

と、いう。

「だが、こちらとしては、ぜひ、お話ししたいことが、できたんですよ」

十津川は、例の倉庫で見つかった、金の破片や、ニカワつきの木の板の破片などを、坪内の前に、置いた。

「これはあなたが、クルーザーで韓国から密輸した金の延べ板の破片ですよ。板つきのかまぼこに見せかけて、金を密輸入した。どのくらい儲けたんですか？　金は、日本に持ってくるだけで、儲かるそうですからね」

「板つきのかまぼこは、釜山の李さんに頼まれたものですよ」

「その李さんも、今頃、韓国の警察に逮捕されているはずです」

「私も、逮捕するのか？」

「あなたには、もう一つ、殺人の容疑が、かけられています。小菅信一郎さんと、平川彩乃さんの兄を、殺した容疑です」

「私は、関係ない！」

と、坪内が、叫んだ時、日下と三田村の二人の刑事が、皆川春彦と、笠井由美の二人を、連れて、部屋に入ってきた。

その二人に向かって、十津川が、いった。

「君たち二人を、殺人容疑で、緊急逮捕する。今、坪内さんは、殺人は、君たちが、勝手にやったことで、自分には関係ないと、いっている。そうなると、君たちは、主犯だから、罪が重くなるね。死刑の可能性もある。命令されたのなら、軽くなるが」

「全て、坪内所長の命令です！」

「命令されたんです！　私に、殺す動機なんかありません！」

と、二人が叫んだ。

「バカ！」

と、負けずに、坪内が、叫ぶ。

「刑事の作戦に引っかかりやがって！」

（これで、本件は解決だな）

と、十津川は、思った。

後に、坪内の供述によれば、小菅信一郎を溺死させ、クルーザー備え付けの大型冷凍庫で冷凍して、マンションに運び込んだのも、北陸ばかり写したカメラを残したのも、捜査を混乱させ、下灘に目を向けさせないためであったという。捜査陣を侮（あなど）った、そのやり方が、自らの墓穴を掘ったようなものだった。

一週間後、捜査本部は、解散し、休暇をもらって、十津川は、下灘に向かった。

亀井が、一緒でなかったのは、鉄道マニアの彼の息子が、九州の新しい観光列車に乗りたいといったので、そちらへ行ってしまったのである。

十津川は、その代わりに、妻の直子（なおこ）を連れていった。

下灘で、降りる。

相変わらず、目の前に広がる伊予灘は、美しい。

「一緒に旅行するの、久しぶりね」

と、直子がいう。

「そうだね」

「向こうに、カップルさんが、いるわ。声をかけてみましょうか」

「よした方がいい」

と、十津川は、いった。

さっきから、ホームの先に、カップルがいるのは知っていた。

まちがいなく、小菅明と、その妻みどりだった。

あの二人も、何かの感懐を求めて、この下灘にやってきたに違いなかった。


（おわり）

解説

山前　譲

その不可解な死体は、東京・三軒茶屋のマンションの一室で発見された。六十歳で会社を退職し、独り暮らしをしていた小菅信一郎の死体である。死因は溺死だったが、数日間にわたって冷凍されていたと思われた。

　捜査を担当した十津川警部に、信一郎の息子の明から色々な疑問を投げかけられる。わがままな父だと疎遠にしていた明だったが、マンションの管理人からこのところ見かけないと連絡を受け、自分なりに調べていたのだ。だが、捜査はなかなか進展しない。そんなとき、若い女性が父のマンションを訪ねてきた。その女性、平川彩乃は四国の下灘駅で父と会ったというのだが……。

「本の窓」に連載（二〇一七・一〜二〇一八・二）されたのち、二〇一八年七月に小学館から刊行された西村京太郎氏の『十津川警部　海の見える駅――愛ある伊予灘線』は、日本一忙しい警察官と言っていい十津川の探偵行のひとつだが、前半は被害者の息子を中心に四国の無人駅で異色の展開を見せている。

りの区間にその愛称が付けられた。

愛ある伊予灘線——じつにロマンチックなネーミングだ。けれど、西村氏のオリジナルではない。二〇一四年三月十五日、予讃線の伊予市駅・伊予大洲駅間の海回りの区間にその愛称が付けられた。

国鉄時代は予讃本線と呼ばれていた予讃線は、瀬戸内海沿いに、香川県の高松駅から愛媛県の松山駅を経て宇和島駅に至る、四国旅客鉄道（ＪＲ四国）の鉄道路線である。一九八六年三月、松山から宇和島方面への一部区間で、予讃線と別れて山側に短絡ルートができ、特急のような優等列車はそちらを通るようになった。

この長編で重要な舞台となっている下灘駅は、海側の予讃線にある駅だ。なので普通列車しか停まらないローカルな駅になってしまった。しかし、「海から一番近い無人駅」と呼ばれ、ホームから風光明媚な伊予灘を望むことができると、多くの人が訪れている。とくに海に沈む夕陽が絶景なのだ。ポスターに使われたり、映画やテレビドラマのロケ地にもなっている。

彩乃はその下灘駅のホームで信一郎と出会ったという。プロ用のカメラを手に、瀬戸内の海を撮ると言っていたらしい。しかし、マンションにあったカメラには、下灘の景色は一枚も写っていなかった。明は彩乃とともに鉄路で下灘駅へと向かう。父の思いを知りたいと、明は父のカメラで夕陽を撮り、駅で一夜を明かすのだが……。

　四国はその名の通り四つの国、現在の名称で言えば香川県、徳島県、愛媛県、高知県で成り立っている。中央に千数百メートル級の急峻な山々が連なる四国山地があるせいか、その四県はそれぞれ独自の風土をもっている。

　香川県は讃岐(さぬき)うどんやこんぴらさん（金刀比羅宮(ことひらぐう)）で知られている。徳島県といえばやはり鳴門(なると)の渦潮に阿波(あわ)踊りだ。景勝地の大歩危(おおぼけ)・小歩危が有名な吉野川は、可動堰(せき)計画で話題にもなった。愛媛県といえば夏目漱石の坊っちゃんも入った松山市の道後温泉だろうか。高知県はなんといっても坂本龍馬だ。

　こうした魅力たっぷりの四国でありながら、十津川警部の活躍の場としては当初、控え目だった。新聞連載が開始されたのは『寝台特急(ブルートレイン)殺人事件』（一九七八）の刊行の翌年で、実質的には西村氏のトラベル・ミステリーの第二作と言える『四国連絡特急殺人事件』（一九八二）もあったけれど、四国はなかなか舞台にならなかった。

　本土四島のなかでもっとも狭いという面積的な理由もあったかもしれない。しかし、第一の要因はやはり交通事情だろう。徳島、高松、松山、高知といった主要都市を結ぶ四国内の鉄道路線はシンプルで、複雑な時刻表トリックを組み込むのは難しかった。

しかも、西村氏がトラベル・ミステリーの牽引車として走りはじめた頃には、まだ鉄路は本州と直接結ばれていなかったのである。四国に行くためには連絡船やフェリーを利用する必要があったのだ。もちろん航空路はあったけれど、トリック的にみれば制約を受けていた。

しかし、一九八〇年代後半から四国へのアクセスはどんどん便利になっていく。淡路島を挟んで本州と四国を結ぶ、神戸淡路鳴門自動車道が完全に本州と四国の高速道路に連結したのは二〇〇二年だが、一九八五年に、まず淡路島と鳴門を結ぶ大鳴門橋が先に開通している。一九九〇年発表の短編「阿波鳴門殺人事件」では、その大鳴門橋の袂にある鳴門公園で事件が起こっていた。大鳴門橋にある遊歩道「渦の道」を舞台にしていたのは『十津川警部　鳴門の愛と死』（二〇〇八）だ。

一九八八年四月、瀬戸大橋が開通してようやく鉄路で四国と本州が結ばれた。短編「海を渡る殺意　―特急しおかぜ殺人事件―」（一九九〇）や長編『特急しおかぜ殺人事件』（一九九五）は、岡山から松山方面へと向かう予讃線の特急での事件だった。

さらに、広島県と愛媛県を結ぶ自動車道の瀬戸内しまなみ海道が、一九九九年に開通した。二〇〇六年に全通した西瀬戸自動車道の一部で、日本のエーゲ海と言われる瀬戸内海の島々に、個性的な十本の橋が架けられている。十津川警部は『しまなみ海道追跡ルート』（二〇〇一）でさっそく訪れていた。

　そのほか、『祖谷（いや）・淡路　殺意の旅』（一九九四）、『夜行列車（サンライズエクスプレス）の女』（一九九九）、『松山・道後十七文字の殺人』（二〇〇三）と、しだいに十津川警部のシリーズで四国への注目度が高まっていく。

　四国というと巡礼も有名だ。『四国連絡特急殺人事件』では第七十番札所の本山寺でお遍路姿の老人が刺殺されていた。『特急しおかぜ殺人事件』の冒頭では、銀座の宝石店の女性社長がお遍路姿で四国へと向かっている。短編の「四国情死行」（一九九九）は、恋人の三回忌をお遍路で供養しようと十津川シリーズでお馴染みの私立探偵の橋本が四国を訪れ、事件に巻き込まれていた。そのお遍路をゲームにしたテレビ番組をめぐる殺人事件が『十津川警部　四国お遍路殺人ゲーム』（二〇〇八）だ。

　小学館文庫既刊の『十津川警部　南風（なんぷう）の中で眠れ』（二〇一四）は高知県を舞台としていたが、『L特急しまんと殺人事件』（一九八九）、『高知・龍馬　殺人街道』（二〇〇五）、『青い国から来た殺人者』（二〇〇五）、さらには、『十津川と三人の男たち』（二〇一四）、『鳴門の渦潮を見ていた女』（二〇一六）、『琴電殺人事件』（二〇一七）、『わが愛する土佐くろしお鉄道』（二〇一七）、『十津川警部　予土線（ローカル）に殺意が走る』（二〇一七）といった四国を舞台にした長編がある。そして、本書のあと、『愛の伊予灘ものがたり　紫電改が飛んだ日』（二〇二〇）でも〝愛ある伊予灘線〟が事件に絡んでいた。

　その冒頭に観光列車の「伊予灘ものがたり」が登場している。二〇一四年七月から松山駅・伊予大洲駅／八幡浜駅間に金土日や祝日を中心に運行され、レトロな車両の中で食事やスイーツが提供される人気の列車だ。その列車の唯一の途中停車駅が下灘駅であることからも、観光スポットとしての注目度が窺（うかが）える。そして、一九八六年から下灘駅で開催されている「夕焼けプラットホームコンサート」をモデルとした「愛の伊予灘コンサート」が、本書では重要なキーワードとなっている。

　さまざまな魅力で旅心を誘うその伊予灘に潜んでいた邪悪な計画――。明の伊予灘への旅は、やがて十津川警部の推理行と重なっていく。三上刑事部長との確執を抱えながらの執念の捜査には、きっと引き込まれていくに違いない。

　小学館より刊行された『十津川警部　四国土讃線を旅する女と男』（二〇二一）では、また四国が舞台となっている。北海道や東北、あるいは北陸と、北国での事件が目立っていた十津川警部のシリーズだが、どうやら四国もまた彼を事件に誘う重要な地域となったようだ。

（やままえ・ゆずる／推理小説研究家）

―――本書のプロフィール―――

本書は、二〇一八年に小学館より単行本として刊行された同名作品を加筆改稿し、文庫化したものです。

小学館文庫

十津川警部
海の見える駅――愛ある伊予灘線

著者　西村京太郎

二〇二一年七月十一日　初版第一刷発行

発行人　飯田昌宏
発行所　株式会社　小学館
〒一〇一-八〇〇一
東京都千代田区一ツ橋二-三-一
電話　編集〇三-三二三〇-五八一〇
　　　販売〇三-五二八一-三五五五
印刷所――――図書印刷株式会社

ISBN978-4-09-407042-2